# AMAR É CRIME

# AMAR CRIME

**MARCELINO FREIRE**

2ª EDIÇÃO, REVISTA

EDITORA RECORD
RIO DE JANEIRO • SÃO PAULO

2015

Copyright © Marcelino Freire, 2015

Capa: Hélio de Almeida
Projeto gráfico: Thereza Almeida

CIP-BRASIL. CATALOGAÇÃO NA FONTE
SINDICATO NACIONAL DOS EDITORES
DE LIVROS, RJ

F934a
2. ed.

Freire, Marcelino, 1967-
Amar é crime / Marcelino Freire. - 2. ed. -
Rio de Janeiro: Record, 2015.

ISBN 978-85-01-10519-6

1. Conto brasileiro. I. Título.

15-22686    CDD: 869.93
                CDU: 821.134.3(81)-3

Texto revisado segundo o novo
Acordo Ortográfico da Língua Portuguesa.

Todos os direitos reservados. Proibida a reprodução,
armazenamento ou transmissão de partes deste livro,
através de quaisquer meios, sem prévia autorização
por escrito.

Direitos exclusivos desta edição reservados pela
EDITORA RECORD LTDA.

Rua Argentina, 171 - 20921-380 - Rio de Janeiro, RJ
- Tel.: 2585-2000
Impresso no Brasil
ISBN 978-85-01-10519-6

Seja um leitor preferencial Record.
Cadastre-se e receba informações sobre nossos
lançamentos e nossas promoções.
Atendimento e venda direta ao leitor:
mdireto@record.com.br ou (21) 2585-2002.

# SUMÁRIO

Apresentação  13

Para começar  21

Vestido longo  25

Ir embora  33

Acompanhante  39

Modelo de vida  43

Mariângela  49

Crime  55

Luta Armada  61

Liquidação  67

União civil  75

Irmãos  89

Após a morte  99

Declaração  105

Vovô Valério vai voar  113

A última sessão  121

Nóbrega  127

Ricas secas  133

Para terminar  143

*Ainda durmo
na cama em que
nos matamos.*

*O cheiro é cada vez mais forte.*

arrudA

*Você diz que amar é crime*
*Se amar é crime eu não sei não*
*Hei de amar a cor morena*
*Com prazer, com prazer no coração.*

Música de domínio público

*Para o amor da minha vida,*
in memoriam.

# AMOR E SANGUE

*Cristo mesmo quem nos ensinou.*
*Se não houver sangue, meu filho,*
*não é amor.*

Marcelino Freire,
em *Rasif* (Record, 2008)

"Amor é fogo que arde sem se ver", diz o primeiro verso do soneto de Camões. Nos contos deste livro, os amores são ardentes e exibem sua chama. São desmedidos, urgentes, desenfreados, e por isso mesmo é que se oferecem – ou melhor, se impõem – à vista de todos. O que interessa é resgatar, pelo grito, a paixão reprimida, perdida ou recolhida. Tudo se revela por meio de explosões e de palavras cortantes, sangrentas, no melhor estilo de Marcelino Freire. Se amar é crime, conforme diz a canção popular, como evitar que uma escrita tão amorosa seja também fortemente agressiva, desmentindo todas as leis?

Negros, prostitutas, carroceiros, crianças, miseráveis, inocências pisadas, deslocados de todos os tipos, à margem da cidade que parece ignorar sua existência – toda essa galeria de personagens, que já conhecíamos de outros livros do autor (João Gilberto Noll definiu-os como "criaturas da deriva social"), reaparece aqui com renovada fúria. A pesquisa da linguagem oral e o manejo do discurso direto, marcas registradas da escrita de Marcelino Freire, se mantêm firmes. A despeito do humor, frequentemente grotesco, preserva-se também o registro poético, que não se resume ao uso "cordelista" das rimas.

Embora solte farpas contra as rimas – foi por causa delas, segundo o narrador do conto "Irmãos", "que o nosso país está o que está. Um horror!" –, o autor de *Amar é crime* não sabe viver sem elas. A rima é ostensiva, mas também aparece com sutileza, como na sequência das toantes "rosa", "xoxota" e "moda", do conto "Modelo de vida", ou na série "acorda", "porca", "gorda", "gosma", do conto "Mariângela". De toda maneira, trata-se de um recurso que visa não propriamente à poesia, mas à construção da oralidade, uma das fontes inesgotáveis da literatura brasileira, como temos visto em belas amostras desde o Modernismo.

Oralidade: eis a palavra-chave. A literatura de Marcelino Freire é erguida sobre falas, frases roubadas, pedaços vivos do cotidiano e da matéria social brasileira, que ele recolhe com inteligência crítica, a exemplo do que ocorre em autores como João Antônio e Francisco Alvim. E como falam os personagens deste livro! Desabafam o tempo inteiro e protestam com veemência mesmo quando estão calados, como a gorda do citado conto "Mariângela", que matou a mãe por esta ter impedido a realização de seu primeiro amor. A gorda não fala: sua fala é o próprio corpo de 240 quilos, atravessado no meio do trânsito.

Os personagens de *Amar é crime* são "monstros" que despertam como vulcões, seres atolados que de repente resolvem "voar"

– ou amar – e saem pelas ruas aos gritos, reivindicando o que lhes foi recusado pela sociedade injusta e opressora. "Hoje o mundo vai saber de mim", diz o jovem protagonista de "Crime". Chamar atenção, transformar o seu drama invisível em urgência notada por todos, é o desejo que move a maioria dessas criaturas. Outro bom exemplo é dado pela menina do conto "Declaração", que foi seduzida pela professora: "Vim para gritar. O meu amor, para todo o sempre, meu amor, seu juiz, sem fim. Ninguém consegue segurar este motim".

O impulso de afirmar o amor clandestino, em contraposição à cegueira da cidade (território da lei), que não tem olhos para vê-lo, aparece também no conto "União civil". Na paisagem imperturbável de São João del-Rei, a imagem epifânica de dois homens empurrando um carrinho de bebê parece ser vista apenas pelo narrador, que a mistura com cenas de seu próprio passado – do seu criminoso amor infantil. Neste conto metalinguístico e densamente poético, o processo de construção da narrativa se confunde com os percalços da iniciação amorosa e da descoberta de si mesmo.

Em todas as histórias, vemos a mancha do crime cobrir uma extensa galeria de párias: os habitantes de um país periférico e não reconhecido, que emergem de seus vários cafundós com a vontade louca de "voar, voar, voar". Esse voo libertário serve de metáfora não só para o amor, mas para a realização de todo e qualquer desejo: do vestido longo ao sofá achado no lixo. Voar, assim como amar, significa, ao cabo, apenas existir. E é apenas para recobrar esse direito que os personagens de *Amar é crime* armam seus planos de vingança. Ao fundo, cristaliza-se a imagem de um "país de bosta", cuja sensualidade não se distingue da miséria, conforme observa a protagonista de "Vestido longo": "A miséria do Brasil, puta que pariu, é pornográfica. De nascença."

Com suas ações extremadas, os personagens de Marcelino Freire não querem apenas parar a cidade – como quem desfila na avenida ou vê sua vida transformada em notícia escandalosa, em enredo de novela das oito.

Querem a atenção de todos, sim, mas certamente porque seu drama não se limita ao indivíduo. O pessoal desliza para o social e diz respeito ao país inteiro. Amar é crime? Mais criminosa do que o amor (e menos pura) é a nossa dura realidade.

*Ivan Marques*

# AMAR É CRIME

CONTOS DE AMOR E MORTE
OU PEQUENOS ROMANCES

## PARA COMEÇAR

### UM POEMINHA
### DE AMOR CONCRETO

da mesma forma que você dá o pão à mesa
dá a mão um abraço da mesma forma que
você dá um aviso um acorde dá um choque
um chute um salto da mesma forma que
você dá uma carona um passo dá uma força um recado da mesma forma que você dá
uma bronca um tapa dá um duro uma gravata da mesma forma que você dá à luz uma
ideia dá um gole uma festa da mesma forma que você dá uma rosa um beijo dá uma
bala uma moeda da mesma forma que você
dá boa-tarde boa-noite boas-vindas dá uma
desculpa um tempo da mesma forma que
você dá de cara dá de frente dá de ombros
de bandinha da mesma forma que você não
me dá a mínima não me dá ouvidos não me
dá bola da mesma forma que você não dá
o melhor de si eu dou o cu meu amor e daí

# VESTIDO LONGO

Nunca, nunquinha que eu vesti um vestido longo. Sempre nuazinha, quando pequenininha, com a tabaquinha de fora.

A barriguinha. Mamãe não tinha o que comer. E a gente ficava ali, agarrada à sainha curta dela, na costela, feito sarna, piolho, sebo, carrapato. Eu não tinha nem sapato. O pé no pé, na sola da calçada. Uma miséria braba. Uma miséria pornográfica, é.

Por-no-grá-fi-ca.

A miséria no Brasil, puta que pariu, é pornográfica. De nascença. Todo mundo nu. Assim que nasce, aparece, cresce exibindo a bunda, mostrando o caroço do cu.

Eu via as outras meninas no Mulungu. Quem podia tinha. Zorbinha, tanguinha florida. Eu, até os nove, vivia enroladinha. Na lama, na curva da rua, na sombra. Um paninho que minha mãe costurava apenas para esconder a flor. Para eu não ser abusada por nenhum agricultor.

Você não tem idade ainda, lindinha. Ela dizia. Para entender as sacanagens da vida. E me contava: com dez anos, minha filha, eu já estava grávida. Buchuda de você. Isso porque meu corpo também vivia. No vento, vivia. Para quem quisesse comer. Feito terra, planta. Por causa de um pirulito, eu entrei na desmancha. Minha mãe lembrava, Meu Cristo. A casa atolada de filhos, sem ter o que desfilar: osso para cá e para lá.

Por isso eu vim aqui. Por causa deste vestido longo. Aquele da vitrine, sim. Eu quero este vestido longo. Para que, hein, é que eu me mato de trabalhar? Para andar sem roupa, sempre? O caralho! Ora, ora. Que brilho de vestido! Se minha mãe me visse agora. Nesse estilo, comprido. De fazer gosto. Antes eu tivesse tido condição, não teria acontecido o que aconteceu, não teria.

Meu peitinho foi aumentando. As costinhas lisas. Aí tinha um homem da cidade, branco, que emprestou uns panos e a gente ganhou: calção, uma tira de blusa para esconder o mamilo solto, para esconder os primeiros pelos. E no tempo, então, de eleição. Minha mãe ganhava camiseta numerada, com a cara do prefeito. E era grande a cara do prefeito. Cobria até o meu joelho.

Relaxa!

Eu já estava acostumava. Na televisão passava gente sem nada. Como veio ao mundo. E eu vi que não era feio, não era imundo. Ter o umbigo à mostra. E o povo todo aplaudia. Eu também queria. Desfilar na avenida. Tentei entrar em roda de samba. Um dia, quem sabe, ser rainha? Mas com que tamancas, sandálias? Desde sempre, calejada de bosta.

A cabeça, minha mãe enfeitava. De pétala, ela. Tão boazinha! Dizia que eu era. Charmosa. Ela me incentivava. Aí veio o começo da desgraça.

O velho da farmácia gostava de se esfregar em mim. Menininha, venha aqui. Não quer fazer uma faxina? E tirava a vassoura e pedia para eu levantar aquela vassoura. E escovava o meu corpo. E limpava lá dentro, o meu corpo de anjo. Sim, de anjo. O marmanjo babava, caduco. E depois me dava uma moeda, um cascudo. E eu devia ser boa de faxina. Porque veio mais gente chegando. Passando o rodo. Um monte de cachorro, abusando do meu jeito. Pelado. Do meu jeito de mexer. Inocente. Achando que o mundo respeita quando a boneca está descabelada. Respeita quando a boneca está quebrada. Respeita quando a boneca está esfolada.

E eu gostava de saber o que tinha dentro da boneca.

O que tem, mãe, no coração da boneca?

Nadinha, minha filha, nada.

Aí, fodeu! De uma hora para outra hora, a minha mãe morta. Vestiram a minha mãe morta. As vizinhas trouxeram lírios. Trouxeram orações, canções. E lágrima. Eu vesti minha mãe de lágrimas. Uma dor que não tinha tamanho. E o caixão fechando. Cobrindo a minha mãe em seu primeiro descanso. Seus irmãos vão para o campo de carvão. E você, maldita, não. Nós vamos mandar para um convento. Sei lá, um aposento santo. Pensei: se até agora vivi sem vestido, por que cobrirei meu peito de crucifixo?

Excomungada, excomungada!

Adolescente, no fundo da noite, dei sumiço. Com um caminhoneiro peguei estrada. E eu já sabia como era: fazia cara de desamparada, sem-teto, sem-vergonha, sem--terra. Dava um jeito de descer a língua, de amolecer a boca, de fazer cara de dengosa. Chupar o meu dedo olhando bem no dedo do sujeito. Chamar todo mundo de "seu moço". Empinar os ombros, gostoso. Fazer como os pombos.

E assim fui ganhando casa, mortadela. Dormia em boleia, rede de pesca. No acostamento. Fui parar, pois, na casa da Dona Kalil. E aí ela me vestiu. De minissaias.

E umas penas que ela colocava para me enfeitar. Você sabe sambar, mocinha? Não, Dona Kalil. Mas sei rebolar.

Rebolar, rebolar, rebolar.

E aquele meu truque de cruzar as pernas. De descruzar. De abrir as pernas. Sem gritar. Como quem caça passarinhos. Natural, meu lado mais natural. De roça. Bichinho de quintal. Mulher que todo homem quer criar. Tipo animal.

Um gringo me falou: o legal do país de vocês é a sensualidade.

O jeito à vontade. De tomar banho. Sem frescura. A beleza pura! Do Rio. As praias do Nordeste. Diferente do frio que faz. Do outro lado do continente. Onde todo mundo vive muito bem vestido. Usando chapéu.

E o gringo me trazia colar. Anel, corrente. O gringo me encheu de tudo. Menos de roupa.

Cada vez mais nua, porra.

Cada vez mais pelada.

Repito, por isso, moça: quero, hoje, este vestido longo. Quanto é? Quanto morre? Quanto custa?

De hoje não passa. Tenho dinheiro, posso gastar. Juntei para comprar. O meu primeiro vestido. Pena que minha mãe já está no céu, coberta de nuvens. E não verá. A sua florzinha, como vai ficar um luxo.

Juro.

Será o meu primeiro vestido este. O primeiro vestido longo a gente nunca esquece. Lá na rua vai ser a novidade. Olha só aquela puta, parece uma dama. De honra. Sim, com muita honra.

Na esquina, tão diferente das outras meninas da esquina. Uma nova realidade. Eu vou mostrar.

Quando o carrão buzinar, farei tipo, farei suspense. Calma, calminha, querido. Depois, meu bem.

Só na cama você vai ver o corpinho que a negrinha aqui tem.

# IR EMBORA

Àquela noite ele falou para eu abandonar o lameiral.

– Já.

Para eu abandonar a Chapada das Mangabeiras.

– Já.

A poça, o Corriola, a Barra do Carrapato.

– Vamos embora.

E agora?

Os olhinhos verdes dele, tão maduros. O cabelo de fogo, o corpo de água, suado, àquela noite.

– Você não vai me largar sozinho, vai?

Perguntou e deu pena.

De mim.

O tanto que ele disse que a minha vidinha era besta.

Assim sem eira, à beira de uma cascata, corrente sem futuro.

– Ora, ora.

Ele disse que me daria uma casa nova, construiria árvores em volta, levaria as sementes daqui para plantar no lado de lá. Na mala, peixinhos para nadar.

– Você precisa respirar outros ares.

Mesmo que fosse de qualidade inferior, irregular. Ele trataria de reclamar à prefeitura. Providenciaria balões de gás. E ainda: compraria oxigênio, limpinho. Encheria o jardim de passarinhos.

– Vamos?

A partida seria pelo rio, a nado, pelas nuvens, a pé.

– Como você, meu amor, quiser.

Assim que saísse o sol, juntos, ele falou, nós deixaríamos esse atoladiço, alagadiço, esse destino dormente e sem sentido.

– Pense nisso.

E a minha família?

Eu perguntei.

Onde vou afundar a minha vó, esquecer os meus pertences?

Tanta lembrança guardo da minha gente, meu sangue aqui nascente, não sente, não vê?

Silêncio. Úmido.

Na cama, a luz da lua veio deitar, o nosso sonho feito um pelo no travesseiro.

Deu frio, deu medo.

Ele fez cara de inseto.

Eu aproveitei para completar meu pensamento, meio sem jeito.

Não acha bonito o horizonte a perder de vista? Hein? O Canindé, o Longá? Não sei se vou me acostumar. Não tem paraíso melhor do que este para descansar, trabalhar. Que maravilha!

No Rio Parnaíba, sempre é tempo de pescar.

– Sem ir fundo?

Eu não havia entendido muito.

Ele repetiu.

– Lá, onde iremos morar, você sempre poderá ir mais fundo. Todo tesouro que você quiser, eu darei. Riquezas verdadeiras. Douradas pérolas. O diabo era um poeta.

– Que nada! Estou sendo realista. Aqui, tudo vira espinha.

Apelou.

– A coitadinha da sua mãe, não viu, não crê?

Uma sombra de poço, a velha. Disse que, se fosse o caso, também buscaria ela, a pobre criatura. Mandaria um barco, era. Um avião, um dinheiro, uma dentadura.

– Chega de chover no molhado.

Tudo carece de uma terra firme, ele disse.

– Vem ou não vem? De hoje não passa.

O rio, visto da janela, escorrendo no vale.

– De que vale?

Vale muito, retruquei.

Insisti como um morcego cego, uma coruja olha. Uma pedra teimosa, por natureza. Uma beleza de queda quando cai. A cachoeira quando vai em frente.

– Não vou.

Finalmente eu disse.

– Chega de brincadeira.

Silêncio que desembocou.

Ele puxou pela respiração, não acreditou no troco que eu dei, no curso que tomei.

– Não vai mesmo?

Sombra e silêncio.

Nenhum pio de novo.

Nenhum movimento.

Ai, Meu Deus! Quem mandou esse homem ter vindo? De tão longe? E ter enchido de mistério, enxerido, o que era claro ao meu redor? Cristalino? Essa assombração, quanto tempo demoraria? Essa conquista?

– Na cidade grande a gente constrói uma ponte para outras pontes.

Outra:

– Temos passarelas gigantes.

Alamedas e viadutos, me contou.

E, mais uma vez, se encheu de dor.

– Você não vai me largar sozinho, vai?

Vou, não vou?

Vou? Não vou?

Voando?

Devagar?

O que responder?

E se, de repente, houvesse chegado a minha vez? E se eu contasse um, dois, três? E se eu me arrependesse? Secasse, um dia? Transbordasse de agonia? De calor? Imensa saudade do que ficou? Do que não mais será?

Ave nossa, cheia de graça.

Rio das Garças.

Quanta poluição, ali. Minando as minhas forças. Gota a gota. Rezei, profundamente. À protetora. À Santa Filomena pedi uma luz. Meu Pai, Meu Jesus, o que fazer?

– Tudo fica para trás.

Foi ele dizendo, à boca do dia, amanhecendo.

– Então fique você aí que eu já vou.

Enquanto vestia as botas, o bigode, o chapéu. E balançava a cabeça, sem entender.

– Amo você.

Àquela noite, deixou mais do que devia. Uma boa quantia. Disse que não tinha mais tempo a perder.

# ACOMPANHANTE

Sujar ele se suja. Mas não se preocupe. Há um cinturão de fraldas. Um nó gordo que segura. Para não escorrer na poltrona. Melecar a parede da sala. Um dia até no teto ele deixou uma manchinha pendurada. Feito uma criança que voa. Cuidado para ele não comer bosta à toa. Coitado! O que é a idade... Ave! Você precisava ver como ele era. Eis a fotografia. Quem diria? Era? Ou? Não? Era? Outra? Pessoa? Minha? Filha?

Sopa de ervilhas ele adora. É preciso saber cozinhar. Tudo o que ele for engolir aconselho triturar. Mole. Mole. Coisa dura nem pensar. Nada de dentadura. Digo assim. Na hora de almoçar. Papar. Periga ele se engasgar como numa certa vez. Os dentes foram sugados. E a outra menina teve de puxar. Lá de dentro. Ele já quase morrendo. Roxo. Eis aqui. O copo é este. Desde muito tempo. Ele só bebe neste copinho. Que bonitinho! Da! Cor! Que! Ele! Gosta! Minha. Filha. Cinzento!

O banheiro é este. A banheira é esta. Você vai ter de acompanhar. Pode lavar a cara e as costas. Esfregar. Esfregar. Esfregar. Nem pense em economizar. Vá fundo. Só não deixe o esqueleto pular muito. O sabonete naufragar. Cair. O xampu entrar nos olhos. Porque ele começa a gritar. A espernear. A mijar feito um afogado. Quem ouve pensa. Estão matando o que já está morto. Salvem o coitado! Aquele alvoroço. Como se a gente tivesse coragem de esganá-lo. Que pecado! Minha. Filha. O? Que? Passa? Pelo? Coração? Deste? Povo?

Ah! Para dormir não dá trabalho. É só contar uma história. Ajudar o diabo a rezar. Se quiser pode até cantar uma cantiga de ninar. Antiga. Que ele aprova. Vou ser sincera. O problema é quando ele acorda. Por causa de um pesadelo. Uma saudade. Algum desejo que ficou. Sei lá. Adormecido. Ele perde o juízo. Baba. Espuma. Vai querer você bem perto. Pertinho. Ele tira a roupa. Feito um debiloide. O pobrezinho. Mas veja. Não é nada muito sério. Ele só se sente sozinho. Deite-se com ele. Minha filha. Não há perigo. O. Velho. Só. Precisa. De. Um. Pouco. De. Carinho.

# MODELO DE VIDA

Amor, este decote em V, o que você acha? Alonga o pescoço, não alonga? Realça o colo.

Amor, veja esse corte em viés e a barra em ponta. Venha ver as falsas mangas. Bolsas Les Gazelles. Óculos Ventura eu não quero.

Ziguezagueio pelas vitrines do shopping. Sebastian me adora, o velho. A moça vem e diz que não tem nadinha do meu tamanho.

Sebastian é o homem que sempre sonhei para o meu horóscopo.

Meu amor nunca me chamou de negra. Nunca me acusou de porca. Nunca chutou a porta. Não.

– Vagabunda!

Muito pelo contrário: abriu. Coisa rara neste país de bosta.

Sebastian, eu te amo.

Pode me chamar de "vagabunda" que dá tesão, que mesmo assim eu te amo, amo, amo.

Amo.

Amor, que tal este risca de giz? É a estrela da estação. Eu só uso botas de cano longo. A menina vem perguntar: você tem um metro e quanto? Que tal o charme deste crucifixo?

O Rio de Janeiro continua lindo. Mas não continua rindo. Duvido. Hoje sou eu quem debocha daquele vizinho.

– Miserável!

Vivia me pedindo um beijo em troca de um queijo. Um salame.

Um cheiro. O que está pensando, seu safado? Velho sem dinheiro.

Amor, amor, e esse echarpe? Eu, hein? Sebastian não gostou. Alguém falou: uma estampa miúda traz melhores resultados. Não podemos esquecer o conjunto de renda de tule. O sutiã push-up. Preto e dourado, sem enchimento. Quem disse que eu preciso de enchimento?

Eu fico só vendo essa menina, pobrezinha. A atendente. Os dentes lindos que ela tem. Quanto você ganha por mês, meu bem? Trabalha por comissão? Mulher, o que tem de alemão lá no centro. Vêm todos no mesmo avião. Se eu fosse você, dava um chute neste shopping. Sumia. Da Baía de Guanabara. Pensa: Bahamas e Baviera.

Os vendedores vindo em cima de mim. É o fim, quem diria? Sei bem o que pensam: "mulata grã-fina". Tirou na Mega-Sena.

Amor, e essa blusa de seda? E o rapaz veio mostrar uma pulseira dourada.

– Não.

Dei uma de mulher abusada. Não mais de mulher, assim, digamos: abusada. Achincalhada. Jogada na sarjeta para rato pisar em cima. Grã-fina, sou sim, agora, grã-fina. Dona do outono, do inverno. Primavera, verão.

Neva a essa época em Potsdam. O frio que faz, menina. Quem me viu e quem me revê. Sabe, toda vez que venho ao Brasil, ajudo a família, ajudo a escola de samba, a igreja. Veja as fotos, veja, veja, veja. A nossa mansão em Potsdam.

– Vocês têm filhos?

A vendedora me pergunta.

Eu faço que não escuto. Não vê que o Sebastian não tem mais idade? Ontem, o coitado nem sabe. Trepei com o Dito. Se fosse para ter filhos, eu teria com o Dito. Para o Sebastian criar. Deixar criança para se matar no morro, nem pensar.

– Sua vaca!

Não é que o Dito ontem me chamou de vaca? Pode? Eu e que não vou aguentar ninguém mais me chamar assim. Não sei por que não mandei aquele negrinho pentelho pastar?

Amor, e esse look rodeio? Com tiras de couro, pontos de alinhavo? As cores vão da areia ao preto, marrom com toques avermelhados. Amarração espadachim. Ilhoses dos dois lados.

– Uau!

O segredo e deixar os homens cada vez mais tarados.

Olha so a bunda que ela tem!

Falei para a jovenzinha do caixa. E repeti. Quanto você ganha, minha filhinha, hein?

Boba, bobinha. Dá uma voltinha pelo Leblon. Vê se troca de batom. Toma aí, toma. É sombra estrangeira.

Pisquei para ela. Melhorei a sua beleza. Quem sabe não animo outra brasileira, de repente? A ir embora daqui.

Ó.

Baden-Baden.

Bora Bora.

Baby Doll.

Ah, amor, eu vou levar aquele baby-doll.

Mulher, você não sabe o que eu penei. Meu inferno, hoje, é só na hora de escolher as peças de roupa. Calcinhas à mostra. Como se fosse, aqui, o Pelourinho. Eu quero aquela, aquela, aquela ali, pretinha. Aquela ali, rosa. Aquela axé-xoxota. Aquela ali, última moda.

– Obrigada.

Agora eu sou uma nova mulher. Parece música, não é? Mas a verdade é que, doa onde doer, eu sou uma nova mulher. Para o Sebastian não. Eu continuo a mesma. Para que mudar? Ele me diz. Pede que eu continue fogosa. Pede que eu nunca perca o rebolado.

É claro, meu amor, vamos embora.

Antes, entro noutra loja, depois noutra loja noutra loja noutra loja.

E em todo canto é a mesma história.

Esta cor emagrece.

E esta engorda.

# MARIÂNGELA

A gorda pesava 240 quilos.

Mas parece mais. Porque o bombeiro chegou. Porque a gente chamou. E sobe e sobe. E estica o cabo. E nada de a gorda desencalhar, desatolar. Bem na hora do rango.

Sentiu-se tonta.

Aí o sol estava forte e a cabeça pesada. Arrastando tanta lembrança. Lembrava: quando era criança, a mãe blasfemando. Por que Deus foi mandar aquele demônio? Logo no seu quintal. Um bebê-cavalo. Um filhote de panda. Pelo menos se fosse um panda. Tão bonito que ele é, não é? Aquele que tem no zoológico. Aí o pai largou a banha. Para a mãe cuidar sozinha.

Ali, na rua, a gorda quietinha. E desmaiada. Veio a polícia, fez um cordão. E se a baleia estivesse quebrada? Era bom não tocar. Água, tragam água. Vamos ver na bolsa da gorda. Uma bolsa florida, cheia de coisas. Dali escapuliu um retrato. De um moço. Seria seu namorado? Quem namoraria as suas curvas? Beijaria seus peitos? Pendidos? Era muito sacrifício.

Ela que se lembra, deitada no asfalto: do Júnior.

Magrinho, seu primeiro amor, Júnior. E único. Na escola, na hora do recreio. Eram como dois peixes, azedos. Grudados no óleo. Salvos pela tarde. Se um largasse do outro, afundariam juntos. Era preciso unir as espinhas. Quem diria? Ele, bom em Geografia. Ela, em Biologia.

Ela não se lembra, coitada: do número do telefone.

– Qual será?

O homem de verde veio perguntar. Queria saber de algum contato, para quem ligar. A gorda gorda de sangue. E perdendo ainda mais sangue. E nada de ficar leve. Eis que chegou a rede de TV. A imagem era impressionante: a equipe de bombeiros, as pessoas. O trânsito fluindo pouco. Pouquíssimo. Aquele enguiço. Como ela havia conseguido se socar aqui? Ou teria sido o buraco do chão que se socou nela? Sucção. Dura. E mole na queda.

– Arrrrrrrrrrrrr.

Devagar, a gorda abriu a boca. Os lábios como ondas. Espalhadas. Avermelhadas. O batom veio beijar a terra. Salgada. Por que essa demora para fazerem algo? Perguntava, redonda. Merda! Desatacaram os seus botões. A vergonha era grande. Nua como uma lua. Era tamanho o vexame.

Ela, sonolenta e quieta, mais uma vez se lembra: do Júnior.

Quando os dedos finos do Júnior cruzaram, a nado, os seus olhos. Chuparam, abraçados, o mesmo pirulito. Faz tempo. O que estragou o seu sentimento foi a Igreja. A mãe ordenou oração. Ajudar os pobres. Sopão. Ela havia de pagar. Por tudo o que fez a mãe passar. Reza e mais reza. Sua feia. Pelo menos para servir a Deus. O pão, o vinho. Deus gosta de gente gorda. E dadivosa.

A senhora (mãe dela) separou o Júnior de mim: ela recordou.

– Ráááááááááááááá.

Bufou a gorda. Pum! Peidou. Ou foi o cabelo que gritou. Ela espalhou a cabeça, num espasmo. Será que torceu o pescoço? Mas era acolchoado o alto do pescoço. Não havia perigo. Talvez o tombo tenha sido macio. O problema era o meio-fio. As vitaminas do sol, em excesso.

E aquela gente pedindo para ela morrer. Para repartir as carnes. Já tinha visto numa reportagem. Uma orca na orla carioca. Natureza morta. Ai, ai, ai. Qual o seu lugar no mundo? As pessoas precisam de espaço. Uma vez naufragada de vez, seria mais fácil o transporte. Um levaria uma mão.

A minha bolsa, cadê? Bateram a carteira. Reviraram o seu sapato. De uma tonelada. Colado ao pé.

– Vamos levantar a mulher.

Acorda, desgraçada. Sua porca! Era o que a mãe sempre vinha cuspir à porta, pela manhã. Pensava a gorda. Ela em meio à gosma. O vômito formando um prato. Pastoso. Aos pés da multidão. Não é de hoje que ela foi ficando cada vez mais atolada. Na sombra. A cabeça baixa, de tanto comer. Em casa, também no chão, fazia a sua cama. Onde rolava e rolava, sem fôlego. A jiboia. A cururu. Eu vou escrever para o programa do Gugu. Para você, maldita, fazer uma operação. Dizia a mãe. Levanta já desta porra. Não me mate de vergonha. Sua elefantoa. Fedida.

Lembrava-se, ali, pálida e encolhida: de quando Júnior arranjou uma menina mais bonita. Bem mais esguia.

Ela. Uma desgraça derretida. Chumbada, enraizada. Difícil de erguer. Chamaram um helicóptero. Ela ouvia o zumbido do inseto. Direto, ao vivo. A repórter atrapalhava o resgate. A gorda ficando fraca. Na dobra da avenida, um iate. Um iceberg. Meu Cristo! A cidade nunca havia visto nada parecido. A incompetência das autoridades. O telefone da mãe. Chamando, sem atender. Resolveu balbuciar a enorme criminosa.

– Matei... aaaaaaa... velhosaaaaaaaaaaa.

– Como? Perguntou o bombeiro, chegando junto à cara da vítima, farta como se posta à mesa.

– Quebrei... a... costela... delaaaaaaaaaaa-aaaaaaa...

Prendeu a mãe contra a parede. Como quem come. Com vingança. Com ódio. Com fome. Deu-lhe uma cabeçada. Reza, reza. Depois foi ao espelho. Ajeitou-se como uma rainha. Saiu desde cedo de casa. Antes de cair, na calçada, como uma fruta pomposa. Fugiu puxando o peito, como quem transporta. A humanidade inteira. Sozinha. Subindo, subindo. E rindo, rindo. A velha merecia. Por causa dela esta agonia. Tremenda. Esta alegria. Vitoriosa.

– Ohhhhhhhhhh!

A cidade toda, em polvorosa.

Enfim, descansaria. Foi fechando a vista. A gorda vista. Ficando magra. Opaca. Distante.

– Arrrrrrrrrrrrr.

Ainda viu o guindaste chegar. Trazendo as asas. As asas, sim. Bando de filhos da puta! O que é que há? Quem disse que uma gorda não pode voar?

– Voar, voar, voar.

# CRIME

– Mãe, ó, o meu plano é assim, uma viagem, vai vendo, eu sequestro a minha namorada, porque ela me traiu, quis me deixar, rá, aí eu trago ela aqui para casa, pela garagem, dou um tapa, jogo no sofá, esculhambo, vai vendo, bato, xingo ela de vaca, aí ela vai negar tudinho, vai negar, rá, rá, vai dizer que me ama, aí eu, puto, é claro, não vou acreditar, quando ela der uma de santa e, de fininho, tentar ligar para chamar o pai, é quando eu pego na arma, saca, mãe, saca, ela vai fazer aquela cara, rá, ó, de susto, de choro, e aí eu esfrego bem no rosto dela o cano do revólver velho, também mostrarei uma faca que rasparei no cabelo da condenada, é, enquanto ela não me contar, sério, rá, rá, o que andou aprontando, ela, toda mulher é, sim, uma cadela, menos a senhora, mãe, que é de outro tempo, vai vendo, a viagem, ela, de repente, vai soltar um grito de socorro pelo buraco daquela janela, a safada, a selvagem, aí eu ataco ela, rá, rá, pela perna, dou um chute forte na barriga da bandida e ela desmaia, a desgraçada pensa que eu sou bobo, a fingida toda se fingindo, no mínimo, ora, e lá vai soco, mesmo com ela desacordada, jogo um litro de água suja na cara dela, ali, da privada, ela abre o olho, tosse, vomita mole alguma coisa, é quando eu ouço alguém bater na porta, pá, pá, é a senhora chegando, é, é, vai vendo, aí eu não dou bola, fecho a fechadura, forte, puxo o armário, faço uma barreira e peço que a senhora vá embora, rezar, rá, rá, que hoje a merda vai rolar, eu não estou para brincadeira, a vizinha, a Dona Creuza, também vem me pedir paciência, que nada, que calma, que paciência, hoje a minha namorada vai me dar valor, vai ver o capeta que eu sou, um homem grande, vai vendo, vai juntando um montão de gente, que eu avisto pelo vidro, a rua lá embaixo no maior rebuliço e eu nem aí com isso, firme, forte, firme, minha namorada sem acreditar, rá, acho que até vai dar tesão nessa hora, adrenalina, ação da boa, como em um filme, mãe, eu vou ficar famoso, vem o SBT, a Record, a Rede Globo, a polícia no meio do esgoto, no megafone, me chamando, Roni, Roni, Roni, rá, aqui é o capitão, e eu cuspindo bem daqui, ó, seu cuzão, xô, vai se foder, hoje o mundo vai saber de mim, vai saber, mãe, vai vendo, a viagem, eu vou aproveitar todo o acontecimento para falar da sacanagem, da falta de educação, de saneamento, do desmoronamento, da chuva quando vem e molha e engole o povo, a enchente, entende qual é o plano, entende, vou sair falando, desafiando o governador, eu quero que o governador apareça, senão essa belezinha aqui vai morrer, a minha namorada já ensanguentada, faltando um dente e eu nem aí, o capitão vindo mais perto, na boca do batente, querendo negociar, rá, rá, rá, o pastor da igreja também, o Edgar, ó, vão todos vocês se lascar, mãe, eu aprendi, não dá para voltar atrás, se arrepender, sei que vão falar, é o satanás, o capeta no ouvido do rapaz, não é, mãe, eu juro, é um plano bem seguro, para garantir o nosso futuro, o tempo passando, a noite chegando, as luzes das TVs, aqui já tudo escuro, porque a polícia mandou desligar, caralho, porra, rá, aı´e´que eu vou virar o diabo, opa, por que então não resolvem a nossa situação, não é de hoje que o nosso pedaço vive na escuridão, bando de vagabundo, bundão, depois cortarão o abastecimento de água, como se fosse novidade a torneira vazia, a minha namorada aos soluços, com vontade de mijar, mija aí mesmo, sua piranha, nem tem mesmo como se lavar, a bateria fraca do meu celular, o Datena tentando falar comigo, vai vendo, a viagem, até o Datena, mãe, por causa da audiência, olha, cara, sinceramente, eu não tenho nada a perder, a minha namorada me enganou, agora ela vai ter o que merece, a coisa vai feder, e eu ainda vou mandar uma mensagem, rá, rá, vou dizer, vamos cuidar das crianças do Brasil, sim, mãe, uma palavrinha de amor, porque eu não sou o bicho que vão pensar que eu sou, eu só estarei cumprindo a minha parte, chamando a atenção da cidade, do país, uma história que poderia ter sido tão bonita, com um final feliz, mas esta puta não quis, eu gritarei mais uma vez, chamarei pelo prefeito, cadê o dono do governo, o manda-chuva que não vem, hã, hein, quem vem é o negociador, avisar que o meu prazo estourou, que a nossa casa, mãe, está cercada, atiradores pelas lajes, nos rebocos das sacadas, esperando uma brecha, um vacilo meu, eu agarrado no pescoço da minha namorada, rá, riscando a faca bem no miolo da arrombada, rá, rá, podem trazer a marinha, o exército, a aeronáutica, que eu não arredo, eu não me entrego, quero saber o que vocês vão defender lá no congresso, pelo mundo, se uma menina morrer porque vocês não souberam resolver da melhor maneira, vai vendo, passarei na cara de cada um a vida de rato, rá, rá, rá, que a gente vai vivendo, todo dia morrendo, contando a grana, a senhora tendo de se humilhar, lavando cueca na casa de bacana, eu negro tendo de ouvir que emprego está difícil, sei lá, também lembrarei de citar o meu pai, doido, azedo, mãe, aquele cachorro escroto também sera chamado para tirar da minha cabeça essa loucura, se entrega, filho, deixa de criancice, de molecagem, vem para a rua me dar um abraço, como é que eu vou dar um abraço, me diz, que merda de abraço, era o primeiro que eu matava, mãe, juro, esse infeliz, o tanto que eu acreditei nele, o tanto que eu confiei na minha namorada, vai vendo, a viagem, rá, rá, tudo perfeito, mãe, o plano será um sucesso, eu garanto, pode apostar, hã, como é que é, o que é que eu tô esperando, é, o que é que eu tô esperando para começar, ah, tô esperando arranjar uma namorada, mãe, pensa que é fácil o amor da minha vida, assim, chegar, não é, não é não, rá, rá.

# LUTA ARMADA

– Por que o senhor matou a sua neta?

O homem pendia para um lado a boca túmulo, os olhos nuvens. Miséria. Nunca irão entender.

Guerrilheiro é guerrilheiro até morrer. Era o lema. Eu lutei na Revolta dos Posseiros.

– Morta, sem dó nem pena.

O velho estaria doido? Há de se pensar. Foram averiguar e nenhum mal aparente a neta fazia. Tipo: bater. Tipo: torturar o avô. Afogou a mocinha. Primeiro com as mãos, depois na bacia.

Quer nadar, desgraçada, nade você. Lutei na Guerra da Santa Dica, tive minhas barbas cortadas à força na ditadura. Talvez tenha sido isto.

Viu na neta o fantasma de um algum macaco, soldado, milico.

Ela conversava muito com o avô, a única que dava atenção. A que se preocupava com ele, sabe? Veio contar uma testemunha. Outro depoimento: o velhinho era tão bonzinho. Manso. Balançava-se o dia inteiro numa cadeira. Às vezes, assobiava. Qual canção brasileira?

O segredo era perguntar mais uma vez:

– Por que, Seu Olavo?

Levantaram a ficha corrida: nada. Apenas as anotações costumeiras, das coisas que a cidade sabia porque ele contava: da Guerra do Caldeirão, da de Jacundá. A juventude clandestina, a fuga para Porto Príncipe, o exílio no Ceará.

– Vô, o senhor precisa se informar.

A netinha, tadinha, até abriu uma página on-line para o avô. Para contar ao povo o lutador que ele foi. A sua história heroica, que ela exaltava, orgulhosa. Tirava fotos lendárias dele, para todo o sempre.

– Mais de quatro mil seguidores.

Seguidores? De quem? Alguém aqui já se embrenhou em Goianésia do Pará? Do Gatilheiro Quintino, quem já ouviu falar? Vai ver foi isso: as imagens que a neta conseguiu montar no computador. Eram tão reais. E vivas! Que devem ter ressuscitado no velho algum mistério. Assassino. Pode ter sido ele um matador. Em vez de comunista, um torturador.

Pesquisaram no Face. Deram um Google. Abriram todos os arquivos que a neta criou. Já que o avô, após o crime, pareceu entrar em um vazio sem fim. De olhar fixo no infinito. Não é possível que morasse dentro dele um bicho, um monstro, um bandido?

– Um sorriso, vô. Um sorrisinho só, por favor.

Ninguém mais respeita o silêncio. A neta se agitava, cheia de instrumentos. Celulares, rádios, luzes. Puxava a cabeça do avô para perto do fundo da tela, mostrava os comentários, os depoimentos, o Instagram. E lia tudo.

Para o velho mudo. Outro dia, falou para ele de indenização do governo. Sim, ele tinha direito. Pelo que sofreu.

Eu? Não tem preço que pague. Se se armou até a alma, foi porque acreditava. Na liberdade, ora. Não tinha sentido cavar agora tostão por tostão, esmola, migalha. Pensou em Isadora. Morta. Em Dodora pensou. Não se sabe se o que pulou do olho do avô foi uma lágrima. A neta não viu. Ave! A neta estava preocupada com outras imagens.

Depois ainda veio aquela conversa de hidromassagem. O avô pular na água com outros avôs. Os músculos, vô. Os músculos. Quem sabe? Sim, eis a explicação. A neta bombardeou o velho demais e ele não aguentou. Por que sempre acham que o velho tem de viver? Não já viveu, pô?

Seria pouco e irresponsável afirmar que tenha sido esta a razão.

A empolgação da neta.

– Já estamos com mais de seis mil seguidores, vô. Muita gente que curtiu.

Que merda! A polícia carece de dados concretos. Sua neta tinha noivo, namorado? Por ciúmes, pode ter sido. Amor. A menina esfregava os peitos, de alguma forma, todo dia, na cara do vovô. Tocava na mão dele na hora de mexer no monitor. Enfim. Uma saudade que bateu. Ela era a cara da esposa, que morreu. Na Guerra do Araguaia, na de São Geraldo. Casou de novo. Mas só a primeira camponesa é que ainda mora dentro do meu coração.

– Não, ele não tem mais idade nem saúde para viver na prisão.

A família teria de colocar em um asilo. Ou, mais seguro, em um hospício. Não saberiam quando voltaria o perigo. Já imaginou? O velho saísse trucidando quem viesse tirá-lo da solidão? A netinha, tão bonitinha, insistiu. Puta que pariu!

– Vô, e se a gente organizasse uma grande festa?

Bolo, bexigas e bolas. Todos os seguidores do Twitter, milhares de amigos virtuais, ali, à sua volta. Não. Eu escapei do Massacre de Paranavaí. Fui pendurado feito morcego, de sangue para baixo, e não tive medo. Nem da Guerra de São Pedro da Água Branca. Sei não. Não fui eu quem matou a minha neta.

Juro que não fui eu.

Foi a revolução.

# LIQUIDAÇÃO

– Eu vi primeiro.

– Não tem essa.

Não existe isso. Essa coisa de primeiro, de quem chega à frente, maratonista, nenhum rei, Pelé, mané pioneiro.

– Qualé?!

Ali, nada de campeão, vencedor. Messias, nadica. Esqueça, oxente.

– Este sofá é meu!

Espumava o Homem da Carroça. E aquela briga pararia a manhã. Paralisaria a avenida.

– Vou chamar a polícia.

– Rarará.

Não existe polícia. Nenhuma autoridade. Pensa? Não há urgência. Eles dois que sangrassem, à míngua.

– Ei, ei, ei, peste, ouça, ora, ora.

– Que, quê?

– Guardei desde ontem para mim essa joça.

Guardar? Garantir? Como assim? Para si? Essa propriedade de rua? Esse algo que alguém mijou? Que jogou para o fogo? Prometeu à mulher um estofado novo. A Mulher do Homem da Carroça bem que acordou. Com o estômago ruim. Uma premonição. O demônio em tentação. Se o Homem da Carroça morresse, sentiria falta, saiba. Do piolho do Homem. Da porquidão. Sentiria falta da frieira do Homem. Do bicho do Homem.

– Ou você acha que eu não tenho família?

– Eu também tenho uma sala, cabra! Tá que tá? E agora?

– Levarei, pois, o presente do Hering embora.

Hering é o nome do filho do Homem da Carroça. Por causa da camisa 100% suja que o Homem da Carroça usa. Fechou a cara. Ferrada. Seu filho não mais pularia em tábua rasa.

– É meu a porra desse sofá, safado!

E assunto encerrado.

Tamanho era o estampado. Jogaria os destroços do outro no fundo do córrego. Que Deus o leve. Feito cavalo morto. Neste sofá, jurava, nem deixaria cachorro dormir. Sim, o Homem da Carroça também cria um cachorro. Cachorro não pode faltar. Osso não pode faltar. Atira osso para ele pegar, ele pega. Molambo para ele pegar, ele pega. Cabeça de rato e cabeça de galinha. Bola de almofada velha.

– Fique você com a almofada. A poltrona e minha, saca?

– Duvido.

Um, puxando uma perna. O outro, pelas costas. Sentava, enlaçava uma corda.

– Meu.

– Meeuu.

– Meeeuuu.

– Meeeeuuuu.

Eu vi faz tempo.

– Eu que vi, não lembra?

Não tem essa coisa de lembrar. Memória. Pertencimento. História. Iremos juntos ao fim do inferno, diziam. Deus estava vendo. Deus é justo. Quem disse? Deus? Justiça? Inferno? E ria o Outro Homem da Carroça.

Sério. Foi juntando um povo em volta. Na torcida. Esperando o pior acontecer.

Bem que a Mulher do Homem da Carroça percebeu. Assim que o sol amanheceu. Sentiu o peito doer, a cabeça. Quando viu o marido partir.

No meio-fio. Pelo acostamento. Foi como se fosse o derradeiro momento. A última viagem. Ave, Jesus! O Homem da Carroça carregando a sua cruz. No cruzamento.

– Adeus – falou.

Sentiria falta do contágio do Homem. Das exalações. Do abafo do Homem. Nodoamento, podricalho. Da sebentice sentiria falta. Repetia: eu tenho uma moradia. Mesmo que ali, embaixo. Ali, abaixo. No vão do viaduto. Nosso paraíso escuro. Feito túnel, socava-se o menino entre as pernas do pai. Manobrava um automóvel nas pernas do pai. Toda vez que o pai chegava. Feito barata. Puxando a carcaça. Aquela festa.

– Filho, amanhã eu trago.

– Traz, pai?

– Juro.

Não contava com tamanha disputa. A vida é mesmo suja. Cobra cada centavo de nossa paciência. Diacho! Nem quando o caminhão de refrigerantes tombou, ontem, houve tanta discussão. Cada um pegou a sua Coca. E pronto. Agora só faltava o sofá. E a pipoca. Hering gosta de desenho violento. Quando crescer, você vai ver. O Filho do Homem da Carroça não vai deixar barato.

– Não amola.

– Amolo.

– Não amola.

– Amolo.

Um Outro Homem da Carroça chegou para testemunhar. É verdade. Eu estava cá quando ele acorrentou. Embrulhou com fé e com amor o sofá à grade.

Covarde, rosnou. Não venha se meter. Fique no seu canto. Senão vai sobrar para você. A sobra do sangue. O crime prestes a manchar o chão do lugar. Cadê que ninguém aparece? Um advogado, uma prece. Uma salvação, sei lá.

Sim, a Mulher sentiria falta, não ache que não. Da putrescência. Caspa. Sentirá falta do muco. Da langanha. Do pingão. Saudade de tirar sujidades dele. De lavar, descaquejar, escovar.

– Por que logo o meu sofá, seu filho da puta?

Banhado a ouro ele nem era. Nem sentou ali nenhum papa. Presidente, oxente.

– Mas é justamente esse que eu quero.

Cresceu o olho.

– Invejoso!

Sempre tinha inveja das coisas que o Homem da Carroça catava. Plantas, caixas, parafusos, pratos, TV. Minha mulher desta vez vai ver novela. Sem ter de afundar a canela, quebrar o resto da costela. Coitada. O Outro Homem da Carroça fez uma proposta sem cabimento. Esse miserável! Esse jumento!

– Pague, então.

– Como?

– A minha parte.

– Hã?

– Pague o que me deve.

– Deve?

– A minha sociedade no sofá.

– Oxente.

– Pensa que eu sou bobo?

Um ovo. Um soco. Uma banana. Ele primeiro que viu, repetiu. Ajeitou na noite anterior. Descansou o troço ali. Hoje, recolheria. Nem precisaria abrir crediário das Casas Bahia. De que maneira pagaria?

No entanto, o Diabo não deixa nada de graça.

O sofá ou a vida.

Seria.

Partiu para cima um do outro. A multidão em euforia, suspendendo a respiração. Como se assistisse a um filmão. Duelo assassino que não acabaria bem. Como a Mulher sonhou, adivinhou. Como um retrovisor, avistou além. Meu Cristo, amém.

– Mãe, tem mais Coca-Cola?

– Tem, Hering, tem.

Por que está demorando tanto o meu marido? Como nenhum outro, o Homem da Carroça era um homem, sim, trabalhador. Que horror! O Outro Homem da Carroça puxou a faca. E embolaram juntos por uns segundos. Não dava para saber quem era quem. A arma rasgando os pulmões do sofá. Sangue, sangue.

Oh, oh, oh!

Ah, ah, ah!

A PM demorando a chegar, a cercar a área.

O corpo do Homem da Carroça ali, como se deitado à sala de estar, no centro da cidade, pode?

– Tire esse cachorro aí de cima, mulher!

Ou:

– Acorda, Zé, acorda. Vem para a cama, homem. Levanta deste sofá.

Quanta folga! Daqui a pouco dá a hora de o Homem da Carroça ir trabalhar.

## UNIÃO CIVIL

Dois homens empurram um carrinho de bebê.

Juntos, em silêncio.

Essa imagem eu vi, juro, na cidade mineira de São João del-Rei. Os dois estavam solenes – não sei se felizes –, frios, ao sol. Minha imaginação passeou com eles. Mente de escritor que veio para umas palestras, falar sobre narrativas curtas, meu novo livro, a quem possa interessar.

Blablablá.

Comentei para a plateia – hoje eu vi um casal. Na esperança de que alguém viesse dizer. São irmãos, filhos de Seu Januário. Ou: você não sabe? É o primeiro caso no país de adoção homossexual. E ainda até, oxalá, um estudante me trouxesse pronto o começo do próximo conto, instigante. Tipo: por que você não me ajuda a empurrar o carrinho?

Um bom início.

Anotei no caderninho, enquanto meu companheiro de mesa dava as boas-vindas em nome da universidade, do festival de inverno, da população, dos poetas, etc. Porra, que merda! A imagem dos "dois pais", digamos, entrou em mim. Feito alma, feito sangue. Na veia, à vera.

A verdade é esta. Essa imagem me pertence faz tempo. Escrever é organizar os sentimentos perdidos. Já creio que posso contar.

– Vamos casar?
– O quê?
– Eu e você, feito homem e mulher.
– Na Igreja?
– É.
– É pecado.
– Deus não precisa saber.

Eu devia ter uns dez anos, nove. Ele também tinha nove, dez. Morávamos no mesmo Poço, em Pernambuco. E já havíamos notado aquele entusiasmo, maior do que o sol, aquele entusiasmo, maior do que o sol. Ave! Dois garotos apaixonados. Ele dizia que queria ser músico.

Eu dizia que queria ser ator. Dramaturgo. Como? Dramaturgo.

A encenação aconteceu atrás da capela, no parque. Nossos corações saíram do nosso corpo, eu vi, você não viu, dois corações, voando?

– Álvaro Magdaleno do Nascimento aceita...

Risos. Ele achava engraçado o meu sobrenome "Magdaleno".

– ... aceita João Rosa Passos como seu esposo?

– Faltou o legítimo.

– Hã?

– ... "como seu legítimo esposo"...

– Sério?

– Sério, se não o casamento não vai valer de nada.

– Tá.

As alianças a gente conseguiu numa promoção de chiclete. Era. Vinham grátis anéis e brincos. Bolas de hortelã. A gente ficou fazendo, deitados na grama, depois do matrimônio, bolas enormes. De hortelã.

– E agora?
– E agora o quê?
– O que a gente faz?
– Faz?
– Sim... Depois que a gente virou marido e marido, a gente vai morar na mesma casa, é? Até a morte, até o fim?

A primeira pergunta foi a de um jovem, de óculos. Por um segundo, ele ganhou a cara de João. Eu já havia me esquecido da cara de João. Como era mesmo a cara de João? Caralho! O tempo segue colando. O tempo tem um ritmo industrial. É uma grande fábrica, que não para. Cara, vê se se concentra no bate-papo. Você está em São João del-Rei para trabalhar. Acorda. E escrever um conto não é um trabalho? Estou escrevendo. Reescrevendo. Para não perder. A minha história, no esquecimento.

– Meu nome é Paulo e eu gostaria de saber quando foi que o senhor descobriu que queria ser escritor.

O açúcar acabou. O hortelã virou só uma borracha. O tanto de hora que a gente passou olhando os dedos, tocando as alianças. E trocando os chicletes. João tirava a goma da minha boca e colocava a goma dele na minha boca. E as bolas foram ficando mais gordas. E foram ficando mais alegres, coloridas. Redondas, redondonas. Até que João quis tirar com a própria língua a borracha da minha língua. Em um beijo sem jeito. Doce, doce, doce.

Nossa lua de mel.

II

Não seria difícil encontrar mais uma vez o carrinho, a criança e os dois rapazes. A cidade não é grande. E bebê é feito cachorro. Adora movimentar-se. Os mimos, as praças, os paços centenários.

Fiquei quieto, tomando um ar, à espreita. No mesmo lugar em que, digamos, avistei a mim e a João – e o fruto futuro do nosso amor.

Reanotei frases para o conto, relembrei.

O calor.

Minha mãe foi quem primeiro quis saber: casou? Eu gelei. Que anel é este no dedo, menino? É da bola. Do chiclete, não viu? Dei bobeira.

A gente prometeu esconder a aliança. Coisa de veado, a molecada logo iria dizer. Quem iria entender? Mas aí dormi, agarrado ao anel. Olhando para o teto, imaginando planos. No dia em que cresceríamos, teríamos carro, piscina. E filhos.


– Filhos?

– Você pensa em ter filhos?

– Penso.

– Bobo, a gente não pode ter filhos.

– E quem disse que eu quero ter filhos com você?

– E com quem você vai ter, seu merdinha?

– Com a Maitê.

João era heterossexual. Hã? Bissexual. Bi o quê? Eu não. Nunca teria outra relação. Casamento é coisa sagrada. E a gente deu a nossa palavra. Eterna. Marido e marido. Àquela tarde, a nossa primeira crise. Saindo da escola, ora. Apressei os passos, ganhei distância dele. Curvei o Largo, decidido. Qualquer coisa, a gente se separa. Para que existe o divórcio?

Di o quê? Nem precisa assinar as papeladas.

O narrador do conto poderia ser o bebê. A história sob a ótica do recém-nascido.

E aí também fiquei pensando: aquela manhã em que os avistei, poderia ser a primeira vez em que eu e João nos reencontrávamos, depois de muitos anos. Segui confabulando. Rabiscando possibilidades, falas, personagens. Misturando realidade e ficção. Loucura e literatura. Memória e invenção. Meu Deus!

Como eu poderia prever que dois rapazes iriam carregar, naquele carrinho, eu e você, João? E por que bem aqui, em São João del-Rei?

Não sei. Coisa assim não escolhe lugar para renascer. Pode ser no mar, em Bagdá, na Disneylândia, no Japão.

O vulcão adormecido.

Levantei. A praça estéril e deserta. Teria de ir, sim. Já estava atrasado para mais uma palestra, apresentação. Estão estudando a minha obra na Escola dos Inconfidentes. E a turma é grande. Vão, inclusive, fazer uma leitura teatral baseada em minha ficção. Tudo muito teatral.

Eu me recordo, enquanto subo, débil, a ladeira: eu fui sendo deixado de lado. Marido abandonado, uma criança.

E a aliança?
– Não vê que não dá mais no meu dedo?
Você está me traindo, João.
Agora mais essa...
Fiel, na saúde e na doença.

Chorei, peguei febre, quis me atirar embaixo de caminhão. Tamanha inocência. De fato, era a máquina do tempo. A indústria, a todo vapor. Moendo, roendo. Os chicletes apodrecendo. Adolescendo. Hora ou outra eu via. João e Maitê. Quanto ciúme! João um homem. Forte, na lambreta. Ao violão. Eu escrevendo minhas primeiras peças. Infantis.

Cheguei a sair com Elisabeth. Atrás da mesma capela, tentei, sem sucesso, repetir a cena.

Não valeu a pena. Conheci o Xavier.

João casou, de verdade, com a Maitê.


III


O senhor conseguiu?

O quê?

– Escrever o conto sobre os dois rapazes, o carrinho e o bebê?


Estavam vazios. Só o filho, entre eles, enchia, remexia, preenchia. Calados, feito trilho de trem, enferrujado. O carrinho, mesmo ele, estacionado. Esperando alguém falar algo.

Fazia uma vida que não se viam. João foi quem chamou Álvaro. Mandou uma mensagem no Face. Vem. E Álvaro pensou tanto. Balançou-se. O que ele quer comigo, o merdinha?

Mas resolveu ir e lá estava. Porque a vida de Álvaro, há de se convir. Não rolou, não aconteceu. O que fez foi trepar por aí. Com dezenas de machos. Sem amor. Melhor que fosse sem amor. Para não alimentar ilusões. Ou até, talvez, para não ferir o juramento. No altar, no parque, na capela. Virou uma desgraça, uma praga aquela união. Religiosa. Para a vida eterna.

Vem e Álvaro chegou. Não conhecia São João del-Rei. Nenhuma cidade de Minas. Igrejas. Muitas igrejas.

E você, o que fez além do bebê? Sem contar que me chamou aqui, hein, para quê? Só para mostrar o filho? Lambido? Álvaro nem quis olhar para aquele pacotinho de fraldas. De vez em quando mulheres se aproximavam, chacoalhavam a cara para o menininho sorrir bonito. Não e´criação minha. Eu não tenho nada a ver com isto.

Uma manhã demorada, afiada. Sem assunto, ele me perguntou se eu gostava de feijoada. Porque havia uma bem perto, a melhor da região.

A gente amadurece e os assuntos ganham banha. Torresmo, peso. Razão.

E o Xavier? O que é que tem o Xavier? Não deu certo.

E os romances?

Ele quis saber. Falou que me lia no jornal, comprava os meus livros.

Eu só escrevo contos.

Deixei claro.

João pálido. E esquisito. Repito: o tempo. São muitos parafusos, engrenagens. Do tempo. É preciso óleo para rodar mais rápido. Não tínhamos o dia inteiro. Eu, todo doído. Não sou doido de perguntar pela mulher de João. Ela que se dane. Ele que se dane. Afinal, veio e me tirou de São Paulo para essa distância? E esse silêncio?

Tem um aninho o bebê. Sei. E ficamos enganando. Um ao outro.

Eu não tenho mais paciência para esse jogo. Essa fantasia. Já estamos bem adultos. Os personagens me ensinaram a viver. A vida real. Depois de vários livros publicados, eu tinha mesmo que aprender.

– Eu nunca me esqueci de você – falou João. Eu parei. E a cidade parou também. E os sinos da matriz. O bebê dormitando aos nossos pés. E a mãe desse bostinha? João me contou, sem que eu mostrasse interesse em saber. Ela sumiu. Como assim? Não sei se entendi. Não ouvi bem. A mãe havia morrido no parto? Deu depressão? O que aconteceu com a Maitê? Algum milagre?

Apenas nós dois, o carrinho e o bebê. A única imagem possível dentro da paisagem. Como uma fotografia. De turismo. De férias em família. Quem diria? João puxou do bolso da camisa aquele nosso anel, nossa aliança. Felizes para sempre. Como no dia do nosso primeiro casamento. Lembra, Magdaleno? Disse-me o pai da criança.

O tempo.

IV

– Um conto não nasce na hora em que a gente escreve, na hora em que a gente está escrevendo. Não nasce quando a gente acaba o conto, põe o ponto final. A impressão que eu tenho é que um conto nasce em algum ponto da vida da gente. Ele fica lá, congelado, esperando que algo o acorde, algo o provoque, entende? Vou ter de ver que conto é este que a imagem do bebê e a dos dois rapazes está me pedindo. Vou ter de vasculhar, Paulo. Bem fundo. Se eu conseguir escrever, prometo que volto aqui em São João del-Rei e leio a história para vocês. Às vezes demora, demora muito. Às vezes se perde. Isso já me aconteceu mais de uma vez.

# IRMÃOS

– O senhor é o meu pastor.

– O quê?

Eu fiz que não ouvi. Não poderia ser comigo. Mas claro que era. Porra! A mocinha do caixa em vez de passar as compras, paralisou olhando no meu olho. Meio ansiosa. Uma barra! E logo eu que nunca quero conversa com ninguém, nem dou trela. Preste atenção apenas, mocinha, no que têm a dizer os códigos de barra. O mundo vá se foder. Continuemos a nossa caminhada. A esteira não espera. A fila igualmente olhando para a mocinha e a mocinha olhando para mim. Uma merda!

– O senhor é a cara do meu pastor.

Eu estava mais para pastor canino, cachorro cínico. A minha vontade era morder a funcionária. Rosnar, sei lá. Deixar as compras descongelando e sumir. Até nesta hora faz falta a nossa mulher, zelosa, mais simpática. Vai ver foi isso. Márcia deu muita bola para esse povo que empacota, registra, passa, repassa.

– Meu ministro da fé.

– Como?

– O meu pastor.

– Sei, sei...

Ignorei.

– Quanto devo?

Uma velha, que estava logo atrás do meu carrinho, pulou a voz em socorro da moça.

– Aleluia!

E mais:

– Ele é mesmo parecido com o Pastor Valdir, cuspido e lambido.

É o fim.

Nem levei as coisas todas: esqueci a manteiga. A azeitona. E não lembro. Também esqueci o iogurte de que Márcia tanto gosta. Se é que ela ainda volta à nossa morada. Dane-se! Eu tenho o que fazer e não é pouco. Não vou pensar na ingrata. Nem no que acabei de ouvir. Vítima de um atentado. Fui vítima de uma cilada. Por favor, eu só quero que deixem o meu pensamento livre, meu juízo enclausurado. Eu não preciso do próximo. Eu não tenho alma. Lá em casa, a mesa farta de papéis. Traduções que nem comecei, parágrafos incompletos, convites para palestras ao redor do mundo. Vou ou não vou? Agora sem Márcia, o vazio se enche de razão. Quando sairei do lugar? Estados Unidos, Canadá, Japão.

– Pastor Valdir é o Diabo!

Tranquei a porta como se fosse de aço. Um calabouço. Ainda ouço a voz da desgraçada do caixa. E a voz da velha que ajudou no tamanho da palhaçada. Ah, se eu tivesse uma granada, elas iam ver. O milagre que iria acontecer.

Fui ao banheiro, zanzei na tela do computador. De que adianta tanta mensagem? E a bosta deste prêmio literário que acabei de ganhar? E o saldo na conta bancária? Hein, meu bem? Se você, infeliz, não vem. Não virá. Não mais me quer. Poetinha qualquer. Márcia é uma poetinha qualquer. O que posso eu fazer? Morrer? O problema da poesia sabe qual é? A poesia. E ri.

E só mesmo rindo para crer.

No outro dia, também no final da tardinha, uma mulher de lenço, sem o mínimo de bom senso, esgoela-se para mim, à primeira esquina.

– Pastor, pastor, pastor...

Nem olhei para trás. Segui engolindo rápido cada passo.

E a mocreia nem aí.

– Pastor Valdir, Pastor Valdir...

Quer um conselho meu, é isto? Uma oração? Então vai dar a bunda, cair de boca no meu cacetão. Pensei e detestei. Essas rimas sem futuro.

Por causa delas – das rimas e dos fiéis e do vigarista deste pastor – é que o nosso país está o que está. Um horror!

– Vi ontem o programa do senhor na televisão.

Televisão? Então o Pastor Valdir fala na televisão? Dá sermão, cura os doentes, pede dinheiro aos crentes pela TV? É com este tipo de gente que eles estão me confundindo? Pois bem. Parei, encarei a fã e o seu suor e mandei um dedo comprido à sua fuça. Aqui, ó! Corja de ignorantes! Ratinhas de auditório! Ao inferno.

E foi para o inferno, eu acho, que eu mandei Márcia. Longe daqui, desapareça. Esqueça que eu existo. E ela esqueceu. Nenhum telefonema, Meu Deus.

No meio da madrugada, o meu celular apitou. Márcia, Márcia, meu amor.

– Alô, é da casa do Pastor Valdir?

– O quê?

Acordei, como se tivesse saído de um transe. Que encosto. Eu vou processar a Igreja, o bispo. Eu vou dar um jeito. Nem no meu quarto consigo silêncio. Dá um tempo. Será que sou mesmo sósia deste pilantra? Se pelo menos sócio eu fosse. Ri. E ri sozinho. Enquanto o sol já entrava, dando bom-dia, em cima de mim. Uma luz celestial, pela janela, abençoando o meu quintal.

Meio-dia. Pô!

Cheguei atrasado para o almoço cerimonioso com o editor. Ganhei presentes, uma edição de luxo. Simpático. E como vai Márcia? Mal. Aliás, tudo normal. A editores só interessam as vidas amorosas dos personagens. Quanto mais mentirosas, melhor. Aquele livro dela é bem bom. Ela vai ficar feliz de saber. Que grandes editores como você gostam de poesia. Tive vontade de provocar. Preferi chamar o garçom.

– Eu gostaria de beber...

Sei, uma água sem gás?

– Como?

Um vinho tinto?

É...

Um suquinho?

Fixei-me no focinho do garçom. Nunca o vi pintado, mascarado.

Ele ficou bem desconcertado.

É que eu pensei que o senhor...

Que eu era o Agnaldo Timóteo?

Hã?

– Não acha que eu sou a cara do Agnaldo Timóteo?

...

E da Hebe Camargo, não acha que eu sou?

– ...

– Já sei... Pensou que eu era o seu pai?

Pai?

– Sim, o cornudo do seu pai.

Não prestou. O editor nada entendeu. Nem precisa entender. Essa história já estava se alogando demais. Cheguei em casa, pluguei a televisão. Hoje eu desvendo essa farsa. Pode? Alguém tem usado a minha imagem e semelhança. Quem sabe Márcia? Sim, ela aprontou toda essa humilhação. Foi ela ir embora, entrou este penetra. Só porque falei mal dos poemas dela. Do ritmo. Ela decidiu me colocar lá embaixo. No fundo da vulgaridade. Na ruína da fé. Quem é, afinal, este Mané Valdir? Zap zap.

A que horas é o *Show do Pastor*? Em que canal? Fui à internet. Procurar. Acabar com este mistério. Quero ver fotos do meu "irmão". Chega. Vamos lá. Se é para brincar, vamos lá, então.

– Meu Cristo! Não pode ser!

Pastor Valdir, eu tenho um pedido aos céus. Tenho sofrido de dores no peito, profundas. Coceiras esquisitas no meio da noite. Acordo sem Márcia. Não tenho conseguido vencer os prazos, dar entrevistas. Por favor, meu pastor. Faça o meu amor me perdoar.

Era, de fato, o meu mesmo jeito. De falar. O meu mesmo jeito de piscar. O jeito do cabelo, caindo. A deselegância da gravata. A mesma gravata. A mesma altura. O nariz fino. As mãos do pastor. Quem sabe? Filhos da mesma maternidade. Minha nossa! Passei alguns dias trancafiado. Assistindo a sua pregação. Baixinho, no volume mínimo. Para ninguém saber. Nem o meu pensamento adivinhar o que estava acontecendo. Eu, um verdadeiro clássico vivo, para poucos, agora para muitos.

Uma multidão.

– Fechemos os olhos e oremos.

Jesus, Jesus, Jesus! Maldição da Márcia, que neste momento está tirando um sarro dos grandes. Ela, que nunca foi trocada por uma apresentadora-cozinheira. Não. Ninguém nunca a chamou de Sônia Abrão. Não se assemelha a nenhuma serva do Padre Marcelo. Sua poesia, Márcia, é uma poesia luminosa. Vigorosa. Epifânica, ecumênica, sério.

– Amém, Jesus!

– Amém, Jesus!

Dias sem atender ninguém, sem almoçar macarrão. Nenhum leite, pouca água. Anêmico, eu tentava entender quem era aquele pastor. Entender o que fazer para Márcia abrir a porta e me reconhecer. Como o único homem de sua vida. Não há outro. Em toda terra à vista.

– Se você aí em sua casa está fraco, sozinho, desamparado, com vontade de morrer.

Se a escuridão estiver chamando o seu nome, diga não. Você tem salvação. Venha à nossa igreja. Traga o seu coração para a gente abençoar. Louvar, limpar. Fazê-lo bater feliz outra vez.

Fui.

Como um vampiro que sai ao sol. Um morto que foge da gaiola. Um escritor fracassado que, de repente, toma coragem. E avança pela cidade. Confiante. De que a literatura tem algum sentido. Sem a paixão de sua vida, algum brilho.

O que este sentimento fez de mim? Onde enfiar tantas honrarias? Quinquilharias de metal, bronze? Gesso ordinário? Estou indo, pastor Valdir. Estou chegando. Márcia, vou pedir ao pastor que devolva o que a febre me tomou. A arrogância me tomou. Sangue do meu sangue, me escute. Interceda a meu favor. Suplico, Deus Amado.

O programa e gravado ao vivo. Cheguei cedinho à porta do templo. Fui entrando. Quem imaginaria? Noutro tempo, eu diria que estava ali para fazer pesquisa de campo. Como de uma outra vez em que penetrei num cinema pornô. Quem escreve tem de estar onde a pulsação está. Ou não? Eu estava, sim, no centro da pulsação. De cabeça baixa, quanta emoção!

– Pastor Valdir...

– Hã?

Veio alguém me cutucar.

– O quê?

– Já vamos começar.

O microfone aberto, no palco. Toda a igreja em pé, para me ouvir falar. E agora? E agora, Márcia, se me faltar a palavra? Volte, querida, para casa.

– E nada me faltará.

## APÓS A MORTE

Baixou no centro espírita.

Ele queria falar com a mulher morta. Explico: o cara chegou lá, em carne e osso. Mais osso e osso. Baixou não no sentido de "incorporar", entenda. Não era ele um fantasma. Um espectro à toa. Nem voz penada. Era ele mesmo, em pessoa. Bufando bêbado, meio tonto. Queria falar com a mulher à mesa branca. Pálida. Desfigurada, sem graça. Todo mundo com medo do cara que esbravejava, possuído de uma raiva. Um demônio. Dragão infernal, beiçudo.

– Quero saber se Graça já mandou um recado para mim.

Não. A mulher dele, nenhuma palavra. Nada.

É um absurdo.

Bateu o punho à mesa, ridículo. Um recado qualquer de minha mulher e por aí.

O médium tentando explicar que não é bem assim o fim.

– Ela sempre disse que chegando lá ia me mandar uma linha.

A letra redondinha.

Até agora, nem vento ou arrepio. O espírito precisa de um tempo para elevação, alguém contou. Não adiantou. A mulher só faz três horas que foi embora, a morta. Mas ele não suportou a dor, correu, quer saber notícias. Quer ouvir a voz da mulher, pela última vez. Receber um recado, pela última vez. Um alô, amor. A caligrafia miúda e tremida. De balconista. A mulher era balconista. A mulher era uma artista. Desenhava coração e poesia.

Francisco, você é o homem da minha vida. Queria que a mulher repetisse, para todo mundo ouvir. O amor é que é eterno, a morte já era.

– Uma linha.

Um anjo decaído tomou conta do marido, é isso. Claríssimo.

Ele fazia gestos escuros, cuspia saliva vermelha. Um maligno cheiro de cerveja.

Veja, por que o senhor não volta outro dia? Depois de amanhã, cedo? Se ela mandar bilhete, a gente guarda para o senhor. A gente liga para o senhor. A gente avisa.

– Tenho certeza. Minha mulher já chegou lá em cima.

Ele não sairia dali com a alma abanando. Não dormiria sossegado. Por acaso a mulher era gente do mal para ficar vagando? Já deu tempo, sim, de chegar à mansão dos justos. Onde? À mansão dos justos.

– Conheço Graça. A essa hora ela já está na presença de Deus. Nem que entre pela porta dos fundos.

Bateu de novo. Toda a mesa estremeceu.

Pode ser que a sua mulher, assim que chegou, tenha sido escolhida para uma tarefa. Boa essa.

– Tarefa?

Sim. Filhos privilegiados são assim. Mal chegam, já estão ocupados.

– Por acaso colocaram minha mulher para lavar prato, é isso? Roupa? Trabalhar para um bando de anjo preguiçoso? Deus sentado no Seu trono, pedindo suco de cenoura? Já não bastou o que ela penou comigo? Para criar os quatro filhos? Essa, não. Chegar ao céu para varrer chão.

Era muito desaforo.

Falou rosnando o cotovelo. Só podia ser coisa do tinhoso. Aquele homem não era normal. O seu nome é Francisco, não é? Pois Francisco não era Francisco. Quem estava ali era outro bicho esquisito. Mofino. O anjo dos abismos insondáveis.

Senhor Francisco, um velhote disse, calmamente. O senhor precisa descansar. Voltar para preparar o velório de sua mulher, é isso. Ninguém rezou, ninguém acendeu vela. A alma ainda está no corpo. Precisa ser encaminhada. A gente aqui, por enquanto, não pode fazer muita coisa.

– Conversa.

Escute: Graça nem começou o caminho. É preciso que o senhor compreenda. Estamos prontos para ajudá-lo, mas o clima assim, pesado, não tem quem suporte. E se a gente rezasse, o senhor se acalmasse?

Pai Nosso, o médium começou. Mas quando chegou no "Ave Maria, cheia de Graça", cadê minha mulher? O marido perguntou, desatou a chorar, a urrar, a esmurrar com o pulso de novo no centro da mesa, o centro nervoso. Só podia ser brincadeira. Afinal, o que o senhor quer?

– Falar com a minha mulher, porra.

E começou a se manifestar.

Silêncio, Francisco.

– O quê?

Estamos recebendo um sinal. O médium amarelo. A luz da sala foi sendo tomada por outra luz, por isso aquele movimento claro escuro claro. O coração do marido parado, nas nuvens.

– É ela, Graça.

Sente pelo cheiro do corpo. Pela fumaça do perfume. O zunido no ouvido, o beijo vindo de outro mundo. A mulher, até que enfim, estava voltando. Ele não havia falado? Bem que ele disse, hein? Não disse?

– Ela jamais ia fazer isso comigo.

Sorriu convencido, desarmado.

– Graça tinha prometido. Ela vai me perdoar por tudo. A vida que levei. Vai deixar uma mensagem também para os nossos filhos. Estou sentindo muita falta de você, Graça. Graça, muita falta.

Mas não era Graça.

– O quê?

Silêncio.

A voz que veio foi a de um homem.

Voz grossa e meio baixa.

É a voz de um homem, avisei.

– Quem é?

Perguntamos.

*Raimundo.*

A voz foi além.

*Francisco, sou eu, Raimundo. Quem fala é seu amigo Raimundo.*

– Raimundo?

Para quê? Ao ouvir o nome, o marido acabou de quebrar tudo, bateu na mesa o corpo do revólver, atirou três vezes para o alto, enlouquecido. Tição, bode preto, capeta, espírito imundo.

O amante da mulher ele havia matado dois dias antes, com dois tiros.

# DECLARAÇÃO

*Não há réu primário
no amor.
O amor
não é coisa que se diga.*

Everton Behenck

Você não sabe viver. Não entende o que é o amor. É muito nova, minha filha, um bebê, minha flor.

Aí minha mãe ficou repetindo. E minha mãe, por acaso, já foi feliz? Onde está agora o meu pai? Fez a pergunta.

Ele gosta de tomar pinga.

Você uma menina. Os peitos ainda verdes. A professora é que aproveitou de sua inocência. A desgraçada.

Inocência.

O juiz também falou: houve abuso. Descobriram que a gente saía junto. Eu ia na casa da professora. Dormia à tardinha e ela lia histórias. E tratava de me lamber. E de me lavar.

Mais do que qualquer uma, eu precisava estudar. A professora não misturava as coisas. Dava zero, se fosse o caso. Dez, na hora dos beijos.

Veio o psicólogo: uma menina de 13 anos fantasia sentimentos.

Qual estrutura tem?

Fui morar no silêncio.

Por um tempo.

Enquanto arquitetava um jeito de ir lá, na prisão. Resgatar seu coração. Eu amo, sim. Eu sei muito bem o que eu quero.

Eu quero ser feliz. Feliz.

Abandonou todas as bonecas, menos esta. Com quem conversava. Desde que Deus, eu juro, me abandonou.

Deus é velho.

A Igreja também a condenou: você, minha filha, precisa saber quando o Diabo ganha formas outras. Aproveita-se da fraqueza da alma.

A sua professora por nos sera perdoada.
Mas aprenderá com a justiça.

E com o tempo, ele, o melhor remédio.

Isso.

Remédio.

Um frasco de comprimidos.

Mas se a menina morrer não vai poder
ver a cara de todo mundo quando ela crescer
e for fazer uma visita. Ao amor da sua vida.

Ou não esperaria.

Irei hoje, já.

Acho que tem um jeito, escondido, de
entrar no presídio. A visita é todo domingo.

Seu pai bebe.

Por que não prendem ele quando bate na
minha mãe? Ou quando rouba as moedas do
meu irmãozinho?

Como se entra?

Perguntei ao meu vizinho veado, o único
que ficou do meu lado.

Me leva um dia.

Nada.

Virgem Maria!

Era perigoso.

Quinze anos de condenação passam ra-
pido. Sentença: estupro de vulnerável.

Mas eu quis, eu deixei.

Pior.

Consentimento do menor e irrelevante, disse o advogado.

Disse o quê?

Ir-re-le-van-te.

O que a lei sabe sobre o amor? Tem lei o amor? A boca da bonequinha, sem se mexer. Pô! Eu não sou uma bonequinha.

A professora não chegou assim: como se ela fosse de plástico. Deu a ela arrepios. E uma vontade madura.

Prematura.

Minha mãe que denunciou. Flagrou os coraçõezinhos no caderno.

As flechas coloridas.

A poesia bonita que a professora escreveu.

Algo como: "Meu anjo | pega no sono | depois do banho".

Pouca-vergonha.

Viu os sabonetes da filha, os cheiros que ela trazia depois da escola. Mentia. Não ia à biblioteca com as amigas.

Maldita!

Meu pai chegou chumbado.

E mais uma vez chutou a porta do banheiro.

Porra!

Se eu matar o meu pai serei presa?

Responderei pelo crime?

Eu quero responder pelo crime.

Eu já sei muito bem responder.

Vou perguntar para o Cebola. Ele deve saber como entrar no inferno sem ninguém ver. Dentro de um bolo, pelo túnel. Do alto de um helicóptero.

Desde que essa tragédia aconteceu, a menina vive pelos cantos.

Já, já um namorado aparece.

E ela esquece.

Eu não esqueço.

Cada dia a menininha mais murcha. Notas baixas. Teve de mudar de sala, turma, rua.

Eu pago a você, Cebola.

Você está maluca. Já vi gente querer sair. Ou fugir. Não posso, é sujeira.

Socar-se no ventre da cadeia.

Outra: eu não livro violência. Saca? Violência sexual. Muito errada essa coroa. Na boa.

Não foi violência, seu merda.

Carinho.

Afeto.

14, 15, 16.

Meses passados fora de si.

Namorado, nenhum.

Para contrariar, começou a levar garotas para casa. A mãe, na reza.

O pai, assistindo jogo.

A Belzinha faz teatro e, um dia, ela foi lá na Fundação Casa. Sei que tem gente que se apresenta. Dançando. Por aí, feito Rita Cadillac.

Beleza!

Foi falar com Belzinha.

Você ainda não acabou com essa história?

Não. Tem jeito ou não tem? De quê? De eu fazer a peça? Arranja, vai, uma apresentação na penitenciária feminina.

Vamos ver.

Minha filha, seu pai sofreu um ataque do coração.

Estava na hora de morrer.

É amor a lágrima da minha mãe? Cadê que Deus não leva de vez esse nojento?

Legislação divina.

Eu não tenho pena.

Pena.

Foi maturando o plano: andou decorando umas falas. Faria o papel de uma fada. Gorda.

Inventaram para ela uns enchimentos. Umas espumas. Uma máscara. Maravilha, ela imaginava. Na hora da encenação, faria uma declaração. Pública. Eu amo aquela senhora. Ali.

O vizinho ajudaria na maquiagem. Posso ir? Eu é que não vou perder este momento.

De novela das oito.

Quem disse que é assunto para novela?

A televisão noticiou, à época: um escândalo. Mostrou o rosto da adolescente. Com uma tarja preta. E fúnebre, à frente.

Revistaram o grupo.

Foi duro.

Havia músicos. E uns vinte personagens.

A peça era uma homenagem a Monteiro Lobato.

Não seria o caso de um outro texto, mais adulto? Isso não é presídio infantil.

Era, de alguma forma.

Falaram para ela que a mulherada, muito tempo trancafiada, volta para o útero. Para a infância. Algumas presas chupam chupetas. Lacinhos débeis na cabeça.

Sério?

Pelo menos, agora, ora, não haverá diferença de idade entre a gente. Colocará sua professora nos braços. E ninará.

Sua mãe no hospital.

Está muito mal o seu pai.

Deus que resolva o caso dele.

O caso.

As presas foram chegando, tomando o pátio. Ordenadas e curiosas.

O coraçãozão na mão.

Enxergou, de longe, o olhar da professora. Ao que parece, tranquila. Talvez uma cicatriz ou outra. Ainda mais bonita.

Minha querida.

Vim para gritar. O meu amor, para todo o sempre, meu amor, seu juiz, sem fim.

Ninguém consegue segurar este motim.

# VOVÔ VALÉRIO VAI VOAR

Vai voar. Vovô Valério vai voar. Ele prometeu. Ele nem contou para Vovó Tereza. Até porque Vovó Tereza não está vendo mais nada. Nada. Ela está voando faz tempo. O pensamento.

Vovô Valério marcou comigo na curva azul, perto do sítio. O sítio dos maracujás. Tem muito maracujá no sítio. Eu fiquei plantado na esquininha da estrada, esperando. Vovô vir, com os apetrechos. Os trecos de goma. As penas de ema.

Ele colou tudo bem colado. Plástico, palito, cera. Eu ajudei na brincadeira. Ele fala que é sério. Não é brincadeira. Iremos até o fim da ribanceira e, de lá, meu avô saltará. Dentro das asas que ele costurou. Escondido. Ficou assim o segredo entre a gente.

– Meu querido.

Eu não contei para ninguém, não sou maluco. Não é todo mundo nesta vida que tem um vovô astronauta. Um vovô radical. Um vovô tão legal. Vovô Valério tem um cabelo grande, bem solto. Quanto bate o vento, o cabelo dele sobe e dança e desce, branquinho. Só vendo.

Os maracujás olhando para mim e eu olhando para os maracujás. Nervoso que só. Cadê o Vovô? Cadê? Ouço a buzina de sua caminhoneta velha. A poeira chegando. Meu coração amarelo e amarelo.

– Vamos?

Vovô Valério é igualzinho a um cientista. Põe a cara para fora do carro, a cara de cientista. Os olhos azuis. Nunca vi mais azuis naquele dia. Deu uma tosse na minha barriga. Entrei. Lá atrás da poltrona do carro avistei a lona escura. E uma parte da fantasia. Sim, Vovô Valério já vestiu a fantasia para mim. Testou o peso, o jeito de correr. Correr com as asas, para eu ver. Vovô ficou parecido com um galo. Um grande galo. Gigante, gigante.

Agora, avante, avante.

Avante.

– Não acredito, meu querido, depois de tantos anos.

Vovô tem uma voz que gira. Rodopia. A voz de um pássaro metálico. Não sei. Fui logo avisando: não avisei. Juro, eu não contei para ninguém. Vovô acredita em mim. Gosta de mim. Eu via, eu vi. Ele curvou outros sítios. Buzinou para o sol. Como se dissesse: estou indo, estou indo. Ao lado de meu neto, meu neto em minha companhia. Aquela alegria. Os pulos, as pedras pelo caminho.

– Trouxe a corneta?

Ele me perguntou. Eu trouxe, é claro. Vovô falou que só voará depois que eu der o sinal. O sinal da corneta. Não teria sido melhor um tambor? Tambor tem mais a cara dessas coisas. Mas eu fiz o que ele me pediu. Treinei o sopro em casa. Mamãe quis saber: que palhaçada é esta, menino? Deixa de barulho. Você está parecendo o seu avô. Barulhento feito um tambor, um tambor, um tambor.

– Ajude aqui, meu querido.

Desenrolou o tecido. Puxou ali, aco-lá. Esticou as grandes penas, vestiu o sapato prateado. Vovô Valério estava muito gozado.

Começou a rodopiar com os braços, levantar e abaixar. Trazia no bolsão do peito uma foto da vovó. Veio me mostrar, ó.

– Não era bonita a sua vó?

Doentinha tadinha, um pó. Vovó Tereza era, sim, uma beleza. E tinha uns olhos castanhos e grandes. Vivos. Hoje, aérea. Nem era a mesma pessoa. A mesma pessoa da foto. Vovô se emocionou. Estava se sentindo realizado. E me abraçou e eu fiquei perdido dentro dele, no meio de tanta coisa: fios, fiapos, capins, adesivos – havia até cascas de ovo em seu macacão lunático. Macacão de palhaço.

– Está preparado?

– Sim.

– Marcou a hora?

– Sim.

– Anotou a velocidade eólica?

– Sim.

– A postos?

– A postos.

Vovô Valério nem parecia preocupado. Digo: com medo. Sempre foi essa energia, esse desmantelo. Minha mãe vive dizendo: seu avô não existe. Seu avô nunca ficou triste. Para ele o mundo é diversão. Uma aventura.

Piração e pirueta. Ele veio a este planeta para sorrir. E ele sorria. Eu sentia: tudo no Vovô era explosivo. Celeste e colorido.

— Corneta na mão?

— Sim.

— Firme?

— Sim.

— Atenção!

— Atenção!

— Dez.

— Dez.

— Nove.

— Nove.

— Oito.

— Oito.

— Sete.

— Sete.

— Seis.

— Seis.

— Cinco.

— Cinco.

— Quatro.

— Quatro.

— Três.

— Três.

— Dois.

– Dois.

– Um.

– Um.

Zero, zero.

A corneta, a corneta.

Vovó Tereza olhando no fundo da minha cara. Enquanto eu contava sobre a aventura do Vovô. Ela assim, perto do meu coração, ouvindo toda a história. Escutando a pulsação. Vovô Valério que pediu, vovó, para eu contar a nossa conquista. A conquista do espaço. Dissesse em detalhes. Assim que eu voltasse daquelas léguas. Eu passando a pé pelas estradinhas, pelas plantações de uva, dos maracujás, fresquinhos.

Lá de cima, eu acho, Vovô Valério agora enxerga os maracujás, cajás, florzinhas, a nossa casa, o quintal, a lágrima da Vovó, feliz. O beijo que ela me deu na testa, com tanto amor, nem sei o que senti, nem sei como se diz o que aquilo foi, o que aquilo era.

Vovó Tereza, por um momento, de volta à terra.

Depois que o Vovô Valério voou.

Ele conseguiu, Vovó, eu gritava, comemorava, cornetava no ouvido dela.

Vovô Valério voou.

– Eu volto no seu aniversário, querido.

Foi o que ele me falou.

Só depois é que pulou.

# A ÚLTIMA SESSÃO

Cadê Zélia Suave?

O Velho não sabe, mas a igreja comprou o cinema pornô.

E ele nem nota que ele entrou na casa errada.

Onde anda a minha poltrona?

Está esclerosado, debilitado. Nem vê a iluminação da sala. Atirando luz celeste em todo mundo. O Velho acostumado que estava à penumbra. Na penumbra do cinema sempre encontrava a travesti Zélia Suave. E o meninote do mercado. Os fungos fungando.

Passou mais de um ano hospitalizado. Depois da queda, quase morre não morre. O senhor tem família? Perguntavam os médicos. Ele respondia: a minha irmã Quitéria.

Nem sabe que Quitéria é falecida. Até sabe. Mas não aceita. Esquece, fundo, nos esconderijos do peito. Tem medo da verdade.

O Velho quer saber: aqui não é o Cine Palácio? O jovem crente abre os dentes para dizer: expulsamos o pecado. O Velho insiste: e Zélia Suave? Quem, o quê? Zélia Suave, sua melhor amiga. Um dia Zélia convidou o Velho para um almoço caprichado. Frango, quiabo, café.

E contou tanta desgraça. Sabe, rapaz, o Velho falou ao crente, sinto saudade. Dos filhos? Não, o Velho não teve filhos. Nem mulher, nem sobrinhos. Sozinhos na vida apenas ele e Quitéria. Juntavam moedas. A merda de aposentadoria não deu para luxos. E olha que economizaram: não saíam, não esbanjavam chocolates. Não conheceram a Praia Grande. De vez em quando, iam ao centro da cidade. Eram tão irmãos.

Quitéria foi ficando uma nuvem. Perdendo o juízo pequeno. O Velho procurou para ela tratamento. Soube que havia no bairro uma casa de repouso. Limpinha. Para deixar limpinha a irmã de coração. Querida, o dinheiro não dá para internar nós dois. Soprou na orelha da irmã, pela manhã: irá você sozinha, pelo menos. Morrer dignamente. Meu amor, minha irmãzinha, você merece esse presente, em paz.

Lágrima.

Lágrima em rosto de velho é chuva. Sai enchendo rios secos. Profundos deslizamentos. E o senhor, onde foi morar? O jovem crente interessado em ouvir.

Vendemos a casinha. Quitéria, sempre cheirosa, esperava minha visita aos domingos. Eu procurei uma pensão. Tão vagabunda. Tentei dividir um quarto com um amigo aposentado. Era um aposentado mesquinho. E o Velho não gostava de gente que segura os ossos só para si.

Foi quando veio a ideia. Estapafúrdia.

Qual era a ideia?

Morar dentro de três cinemas.

Saía revezando: Cine Palácio, Apolo, Cine Alvorada. Os três abertos 24 horas. Lá o Velho dormia, bocejava. Molhava-se. Não ligava se o mundo à sua volta queimava, se se incendiava: melhor assim. Esse escuro mágico. Foi onde conheceu Zélia Suave. E demais telespectadores.

Dizer que ninguém notava: notava.

O Velho já dava bom-dia ao bilheteiro. Trazia balas ao faxineiro. Ajudava a recolher camisinhas furadas. Quando cansava a retina, andava à praça. Ia comer churrasquinho. Abusava das gorduras.

Por isso o ataque: as gorduras engordaram as coronárias. Caiu na rua, foi socorrido, parou no posto público de saúde.

Perdeu quilos. Amanheceu caduco. Lento e febril. Deram-lhe alta. Para onde o senhor vai? Primeiro, visitarei minha irmã. Pegou o ônibus e se perdeu. Procurou o número do telefone. Um oco. Era o bolso um calabouço.

Sabemos, pois, que a irmã Quitéria morreu por aqueles dias. Ela que esperou vários domingos o irmão chegar. E sentiu: ele deve ter morrido. É isto. É. Bateu depressão, queda de pressão, vômitos na velha mulher. E Deus chamou. E Deus fez esse favor.

O Velho perambulou. Suou. Foi e não foi. Perdido, sem saber a direção. Conseguiu, finalmente, por um milagre, chegar ao cinema.

Cadê Zélia Suave?

Zélia Suave?

O jovem crente não entendeu nada. Quis chamar o pastor. Esse senhor precisa de cuidados. O casaco marrom fedia a casaco marrom. O Velho fedia a velho demais. Tudo nele um carpete mijado. O Velho está no fim. Um buraco.

Hã?

A travesti fez suco para mim.

Zélia não tinha pai. E viu no Velho uma família. Igual à que não teve. Nordestina. Recorda-se quando chegou perto do Velho, ali, na última fila do cinema. Um olho do Velho dormia, o outro acordava. Não assediou. Nem atacou o velho morador. Devagar, puxou conversa. Entre um programa e outro, era trocando algumas palavras sinceras com o Velho que Zélia descansava.

Ambos, entre eles, descansavam.

Só na tela é que os músculos não cessavam sua jornada. Repetidas vezes as mesmas cenas. Chupadas xoxotas. Grossas varas. Murmúrios, até, inocentes. Aqueles, de tanta gente que ia ao cinema pornô. Na surdina, para fugir do mundo. Cada vez mais veloz o mundo, o mundo.

Por que gritam tanto por aqui?

Perguntou o Velho ao jovem. Igreja lotada. Os fiéis aos berros. Pedindo perdão. Alcançando graças. Escancaradas louvações. Eu vou é embora daqui. Mas não ia. Não tinha mais forças para se erguer dali. Se pudesse, correria. Aquele não era o seu lugar. O jovem crente sem saber mais o que fazer pelo Velho. Como o salvar?

O senhor quer uma água?

Não tenho sede. Não tenho sede. Deixe estar, deixe estar, deixe estar... O Velho foi fechando os olhos para morrer.

Tinha fé.

Com a ajuda de Deus, pode crer, outro filme logo logo iria começar.

# NÓBREGA

Ora, se ele é igual aos outros alunos meus de violão, na leitura de cifras, nos acordes, por que este meu sofrimento, à sombra, toda vez em que ele vai embora, pega o trem, some para o subúrbio às 22 horas?

Tem 18 anos e um gosto refinado, João Gilberto, João Bosco, João Donato, Joões à flor, ele também se chama João, querido, gire aqui a tarraxa da corda até que os dois sons vibrem de maneira harmoniosa, etc.

Os dedos dele, eu à unha, há momentos em que o vejo compor, ele me põe a ouvir suas escalas, tônicas, melodias apaixonadas a uma tal garota chamada Suzianne, e eu, por dentro, dando vexame, fugindo do tom, ele não há de perceber.

Aplaudo, digo que ele precisa de mais ensaios, que a dedicação é fundamental e proponho umas aulas aos domingos, poderíamos marcar almoço, acompanhar unidos a tarde cair ao entardecer, qualquer música fica mais bonita quando o dia morre.

João ressuscita em mim a infância pobre e solitária, o talento para a poesia, o ritmo divino, ele, de bermuda, chega e se senta, sorri como se fosse uma miragem, o primeiro menino a pisar a Lua, creio, é ele quem enche as marés cheias.

Dilermando Reis, Garoto, Baden Powell, para a idade que tem, tem maturidade, ouvido, irá longe em sua dádiva, um arcanjo, trotando, quando bate à madeira e me arrepia a alma, quando deixa a minha casa, bato uma punheta, sem qualquer delicadeza.

Dou-lhe sempre um vinho para beber, na hora dos improvisos, ele recebe uma ligação ao celular, Suzianne, e eu sou bastante severo, digo que violonista não tem mulher, sabe por que violão tem esse formato, de corpo nu, por que tem buraco?

João compreende, artistas são diferentes e, de fato, a prioridade sempre é a humanidade, que necessita, sempiternamente, de gente apurada, com a antena ligada aos ruídos do ventre, às notas da terra, silenciosa, girando, azul.

Ele diz assim, mestre, e me abraça e eu dou a ideia de que ele deve se inscrever no concurso brasileiro, que se realizará em Brasília, no mês que vem, eu consigo as passagens de avião, tenho a certeza, sua graça ganhará o primeiro lugar, vamos lá?

Bem que Suzianne poderia ir comigo, mas eu desde já aviso, não dá, é preciso concentração, a vida toda você terá essa mulher ao seu lado, ela há de entender seu ofício, o ar de um menestrel, a serviço do povo o seu coração, moço.

Vamos ao aeroporto na data marcada, também reservei um quarto duplo, somos parceiros ou não somos, sairemos do festival premiados, acredite, a sua vida mudará, meu pupilo, pode acreditar, não estou exagerando no volume de nossos sonhos.

Chegamos e Brasília parece nos receber, tamanho é o céu, a esplanada, os parques horizontais, eu, de novo, sem compostura, no meu sangue escorrendo o tempo mais dramático, nem pareço um homem velho, essa maldita serenata no peito.

Faz muitas décadas, esqueci até qual data foi, pois é, em que recebi uma visita deste tipo, no corpo, no pensamento, esse menino, prodígio, creio que não adivinhe minhas mesquinhas intenções, feito marchinhas, populares, meu sentimento brega, na surdina.

Ao concurso vem gente do país inteiro, primeiro fomos ao Teatro Nacional, repassar o número, tranquilizá-lo de que o futuro já está em suas mãos, de mim não mais esquecerá, faço parte de sua arte, não obstante esse meu repertório, íntimo.

Nada a ver com o "Tempo de criança", clássico que ele executará, com a leveza que empresta à vida, eu tenho inveja, confesso, me doem os cotovelos, arrebento-me, ciumento, toda vez que ele traz para junto do corpo o corpo do instrumento.

A apresentação é amanhã, precisamos descansar, pensar em outras coisas, Suzianne toca o celular, deseja boa sorte e eu, doido para gritar àquela amada chinfrim que nenhum gênio precisará dela para alcançar a glória, lambisgoia.

Enquanto ele dorme na outra cama, inocente, eu canto, pela madrugada, as canções mais apaixonadas, que ele, em sua viagem, ao sono, não me ouça, não sinta, em seu recolhimento, o tanto que desço, abaixo, pelo umbigo, de quatro, o quanto me mato.

João acorda, vai às cordas do violão, me levanta, cedo, ouço, ainda dormente, encostado ao travesseiro, ele, alheio a tudo, dedilhar a música sofisticada que apresentará, logo mais, à noite, com a simplicidade de quem sabe, sem saber, o dom que é viver.

Ali, o teatro lotado, o júri, atento, espera pelo meu aluno, o instante em que ele pega a flanela, alisa o tampo, a cabeça e os braços e começa o movimento, maduro, tocando só para mim, juro, tranquilo e, para sempre, vencedor, lindo de doer, este nosso amor.

## RICAS SECAS

Não somos pobres.

Nós somos ricos.

Não temos planícies avermelhadas nem juazeiros.

Não somos infelizes.

São Paulo é a cidade da felicidade.

Ah, esse sufoco logo passa. Nós temos dinheiro. Nós temos o poder. A gente é capaz de mandar engarrafar. E trazer. Tudo que é correnteza. Mudar um rio de lugar. Pode crer.

A gente paga tecnologia japonesa.

Italiana, escocesa.

A gente estuda. A gente não é analfabeto. Nem atrasado. A gente não é ignorante. A gente não vai dar o braço, o pano, a toalha a torcer. O governo, daqui, faz chover. Por isso essa calma. Por isso a gente não alardeou.

Para quê? Pobre é que gosta de grito. A gente é educado. A gente não se escancara feito um esfomeado.

Nossa seca não é seca. É crise hídrica. É outra coisa. Viu algum jumento, por aqui, agonizar? Viu cachorra reclamar?

Nos Jardins, os cachorros continuam a passear. E a cagar. Como se nada, ao redor, estivesse acontecendo. E nada, de fato, está acontecendo. É preciso se concentrar. Manter a postura.

Nós temos classe. Nossos jardins continuam sendo jardins. Alamedas, alamedas. E vou dizer mais uma coisa. Numa boa. Sabe quem trouxe essa desgraça para cá?

Os nordestinos.

Tinham tanta fome de água que viram muita água por aqui. Aí foi aquele desperdício. Aquele banho, aquela festa, sem fim.

E deve ter batido neles saudade da dificuldade.

De levantar balde, andar léguas atrás de horizonte verde.

Nordestino gosta da dor. Sem a dor, não há salvação. A moeda de troca do nordestino é a dor. Sem dor não existe devoção.

Daí, esse atraso. Esse descaso.

Para quem consertar? Nós todos. Viu como rapidinho a gente ressuscitou um volume morto? Isso é ou não é pensamento positivo? Espírito tecnológico?

Olhe, vou lhe dizer: garanto que antes de o mundo morrer, a gente, paulista, já foi para Marte viver.

Mas, até lá, a gente vai ter de arranjar um jeito. De fazer um país só para a gente. Se a gente, todo mundo sabe, é quem sustenta o Brasil inteiro.

A Amazônia, por exemplo, é nossa.

Veja como a gente é bonzinho.

Não era a hora, agora, de fazer assim: puxar cano, torneira, nuvens artificiais, helicópteros poderosos, trens de carga, tudo devolvendo a água para nós?

A conta de água, lá de Manaus, Belém, quem é que paga? De qual bolso sai?

Hein?

Para que você trabalha tanto, meu bem?

## II

Hoje de manhã meu marido veio me dizer. Nós vamos ter de viajar, urgente. Sair, se retirar. Vender tudo o que der para vender. Enquanto é tempo. Pegar os dois meninos. E também a Fifi. E a Magali. E sair, ó, correndo.

O quê?

Eu não sou uma ladra. Não sou covarde. Não deixarei a minha cidade. A minha família mais do que centenária. Toda ela aqui enterrada. Nunca. Vá você sozinho, eu disse para ele. Não sou favelada. Não sou culpada.

Sabe quem criou o Clube de Regatas? O meu avô. Sabe o que ele mais criou? Pontes, meu amor. Isso tudo aqui era limpo. Era um progresso limpo. Meu avô tinha pensamento ecológico. Sabe o zoológico? Ele. O Butantã? Ele.

Ora, Olavo, faça o favor. Nós não somos pobres.

Vou repetir, até morrer. Não vou me humilhar saindo por aí, sem destino. Com os dois meninos. Não vou. Fifi na coleira. Magali numa gaiola. Debaixo do braço. Olha bem para a minha cara. Vê se eu tenho lá jeito de abandonada.

Nós temos bilhões de metros cúbicos de água. Escondidos. A gente acha. A gente despolui as regiões hidrográficas. Faz milagre nos esgotos. Aguarda. Por favor, eu estou te dizendo. Eu vivo te dizendo. Você não faz ioga, por isso esse desespero. Você acha mesmo, meu querido, que São Paulo vai virar um sertão sem futuro?

Os Estados Unidos vão deixar?

A Inglaterra? O Papa Chico?

São Paulo não nasceu para viver na merda. Até ela, a merda, acredite, a gente vai saber aproveitar. Usa a inteligência mais uma vez só, meu amor. Vamos aguardar.

Agua...

Aguardar...

III

São Paulo só pau. Eucaliptos magros. Mais magros. Os infelizes – só eu posso chamá-los assim – estavam cansados e famintos. O carro ordinariamente buzinava pouco.

Enfraquecido, porém borrado de poeira, nem parecia um Land Rover. Trocaríamos o carro por algum líquido precioso. Fazia horas que procuravam uma sombra. Ali, ali. A mulher gritou. Pela primeira vez ousou soltar um grito. Descabelada, sem gasolina. Está acabando também o combustível. Engana-se. O combustível já acabou. Não sei para que você inventou essa viagem. Não viu, mulher, que tudo em nossa terrinha acabou?

Nós somos ricos. Nós fomos.

E foram. Porque, pela miragem, parecia uma barragem à frente, à mostra um açude, uma bica de alguma coisa. O filho mais novo berrou. Esse não tinha noção do que era berro nobre. Ou berro miserável. A mulher ainda teve de enganchá-lo nos quartos – e odiou aquela imagem matuta e humilhante. Essa coisa de cuidar da própria cria. De não ter mais babá para arrastar as crianças. Quem diria? O menino mais velho vinha logo atrás. E trazia com ele: Fifi e Magali.

Pobre é que põe nome grande nos seus bichos de estimação. Baleia, Tubarão. Não sabem que a alma dos bichos é coisa de anjo, anjinho. Pequenininho. Coisa de recém-nascidos. Fifi, a cadelinha. Magali, a calopsita. Sem aguentar o calor, essa daí, tadinha, estava de língua à míngua. Naquele sol de rachar. Fifi já de olho na hora de a amiguinha não mais aguentar. Paparia seus ossos, todos, se a dona por acaso não se incomodar.

Não acredito.

A mulher suspendeu o vestido. Para conseguir sentar. E se sentou. A imagem também não ajudou. Ali, em cima da pedra, parecia uma herdeira das cavernas. Um bicho pré-histórico. Isso sem contar os urubus, que, no alto, bem perto, esperavam pela carcaça. De quem? A minha é que não é. Observou o marido. Não era mais engenheiro. Era um esqueleto desnutrido. Falido. Cadê os prédios que levantou? Se alguém tiver que morrer que seja ele, primeiro. Ele que não acreditou no potencial de São Paulo. Um traidor. Resolveu, ali mesmo, deixar claro: você é um traidor.

Um traidor, traidor!

Fifi se assustou e começou a latir contra o marido. Ela também, com seu laço de fita na orelha, caída, não estava gostando nadinha da mudança de hábito. Agora ter de trabalhar. Dar duro. Osso a osso, ter de se acostumar com a nova vida. Não era vida de cachorra essa vida. Ah, não era. A cadelinha também gostaria que o homem morresse. E que a gente voltasse ao nosso conforto. Vamos, de volta ao nosso conforto. Apontava o focinho para o carro, brecado, ruim das pernas. Por que não vamos passear? Vamos, vamos. A cadela pulava e nada. Ora essa.

Magali, a calopsita, nem aí. Não se importaria se se fosse. Só não queria dar de comer àquela madame de quatro patas. Exibida, cheia de frescura. Se alguém, depois de morta, eu devesse alimentar, que fosse você. Desejou. Sinalizando as penas, desbotadas, para o menino mais velho. Agora ainda mais velho. Enrugado e sem palavras.

Ficaram ali.

Lembra-se, Olavo? Quando a gente ia à piscina, no domingo? Sócios vitalícios. E os meninos, pequenos, escorrendo no ouro da água. E se banhando, enormes. E gordos. Esse aqui nasceu com quase três quilos. Não é justo, repito, essa nossa sina. Não é justo, repito, que a minha família pague pelo que os outros fizeram. A gente não fez nada.

São Paulo não fez nada.

São Paulo fez tudo.

A mulher alucinava. Na quentura.

São Paulo fez tudo para que o nosso país fosse um manancial. Um chafariz feliz. Um lençol freático, caudaloso, vivo. Muito vivo, para a gente enriquecer. E sonhar.

Vamos voltar para casa, meu amor.

Vamos voltar?

## IV

Uma ressurreição. As cores da saúde voltariam à cara triste de sinha Vitória. Os meninos se espojariam na terra fofa do chiqueiro das cabras. Chocalhos tilintariam pelos arredores. A catinga ficaria verde.

Baleia agitava o rabo, olhando as brasas. E como não podia ocupar-se daquelas coisas, esperava com paciência a hora de mastigar os ossos. Depois iria dormir.

## PARA TERMINAR

FAÇA AMOR.
NÃO, FAÇA GUERRA.

# FAVELA FÊNIX

Aí o fogo apagou o barracão de dona preta mas não apagou dona preta essa ninguém apaga ela foi lá e levantou outro barracão do nada.

Aí a água levou o barracão de dona preta mas não levou dona preta essa ninguém arrasta onde houver chão é lá onde ela agarra as patas.

Aí a prefeitura mandou derrubar o barracão de dona preta mas não derrubou dona preta essa ninguém segura danou-se a espernear a criatura endemoniada.

Aí a polícia autuou o barracão de dona preta mas essa ora essa ninguém autua justiça cega quem disse que enxerga o olho da rua?

Aí o dono da boca mandou fuzilar o barracão de dona preta mas para ela nem bala perdida quando menos se espera dona preta ressuscita preta feito a luz do dia.

Aí a vizinha pôs um despacho na porta de dona preta mas essa ninguém despacha acende uma vela tem muita fé na tábua ela uma mulher de raça.

Foi aí que a vela derreteu o barracão de dona preta mas essa não há quem derreta vejam ela ali acesa dentro da fumaça divina diz dona preta eu é que não vou morrer cinza.

# É O FIM

*É necessário o coração em chamas
para manter os sonhos aquecidos.*

Sérgio Vaz

# DEDICATÓRIAS

Para Antonio e Leandro o "Vestido Longo".

Para Maria José Silveira o "Ir Embora".

Para Adilson Miguel o "Liquidação"

Para Felipe Valério o "Vovô Valério Vai Voar"

Para Mário Pazini (in memoriam)
e Grupo Clariô o "Favela Fênix".

Para Ricardo Ramos Filho e pai e avô
o "Ricas secas".

Para os amigos da Cooperifa o meu carinho.

Para Vanderley Mendonça todo este livro.

De coração aos amigos da Editora Record.
Também aos amigos da Edith.

Gratidão para o mestre Hélio de Almeida.
Idem para Thereza Almeida.

Beijos na bunda para Adrienne Myrtes,
Andréa Del Fuego, Cláudio Brites, Índigo,
Ivana Arruda Leite, Ivan Marques, Jairo Faria,
Jorge Ialanji Filholini (obrigado, queridão,
pela orelha e pelas fotos), Lúcio Cunha,
Manu Maltez e Sérgio Vaz.

Meu sempre obrigado a João Alexandre Barbosa
e Plínio Martins.

Para minha mãe, este e todos os livros.

Marcelino Freire nasceu no ano de 1967, em Sertânia, PE. Vive em São Paulo, vindo do Recife, desde 1991. Em 2004, idealizou e organizou a antologia *Os cem menores contos brasileiros do século* (Ateliê Editorial). É autor de *Angu de sangue* (Ateliê Editorial, 2000), *Contos negreiros* (Vencedor do Prêmio Jabuti 2006 - Editora Record, 2005), *Rasif* (Editora Record, 2008), entre outros. Em 2013, lançou o romance *Nossos ossos* (Editora Record), finalista do prêmio Jabuti e vencedor do prêmio Biblioteca Nacional de melhor romance.

Para saber mais sobre autor e obra, acesse: www.marcelinofreire.wordpress.com

No Twitter: @marcelinofreire

Este livro foi originalmente publicado
pelo coletivo artístico Edith no ano de 2011.

Esta nova edição foi revista pelo autor.
Em relação ao primeiro volume, alguns contos
foram retirados e outros acrescidos.

Em tempo: a "IV Parte" do "Ricas secas"
foi extraída, na íntegra, do romance
*Vidas secas*, de Graciliano Ramos, em que
o conto foi livremente inspirado.

São Paulo Capital,
2 de julho de 2015.

*– Receba as flores que eu lhe dou.*
*– Soque no cu que já murchou.*

Domínio popular

Este livro foi composto na tipologia
Minion Pro, em corpo 13, e impresso em papel
off white 90g/m² no Sistema Cameron da
Divisão Gráfica da Distribuidora Record.